THE ESSENTIAL ZWEIG
COLLECTION

一个陌生女人的来信

茨威格短篇小说集

央金◎译

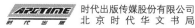
时代出版传媒股份有限公司
北京时代华文书局

U0624020

图书在版编目（CIP）数据

一个陌生女人的来信：茨威格短篇小说集／（奥）茨威格著；央金译.
—北京：北京时代华文书局,2014.9
ISBN 978-7-80769-850-0

Ⅰ.①—… Ⅱ.①茨…②央… Ⅲ.①短篇小说–小说集–奥地利–现代
Ⅳ.①I521.45

中国版本图书馆 CIP 数据核字（2014）第 208688 号

一个陌生女人的来信：茨威格短篇小说集

著　者｜茨威格（奥地利）
译　者｜央　金
出 版 人｜田海明　朱智润
选题策划｜黎　雨
责任编辑｜胡俊生　樊艳清
装帧设计｜张子航
责任印制｜刘　银
出版发行｜时代出版传媒股份有限公司 http://www.press-mart.com
　　　　北京时代华文书局 http://www.bjsdsj.com.cn
　　　　北京市东城区安定门外大街 136 号皇城国际大厦 A 座 8 楼
　　　　邮　编：100101　　电话：010-64267120　64257397
印　刷｜河北信德印刷有限公司
开　本｜880mm×1230mm　1/32
印　张｜8
字　数｜130 千字
版　次｜2015 年 1 月第 1 版　　2024 年 5 月第 2 次印刷
书　号｜ISBN 978-7-80769-850-0
定　价｜46.00 元

序

毛姆在《书与你》中曾提到："养成阅读的习惯，使人受益无穷。很少有体育运动项目能适合盛年不再的你，让你不断从中获得满足，而游戏往往又需要我们找寻同伴共同完成，阅读则没有诸如此类的不便。书随时随地可以拿起来读，有要紧事必须立即处理时，又能随时放下，以后再接着读。如今的和乐时代，公共图书馆给予我们的娱乐就是阅读，何况普及本价钱又这么便宜，买一本来读没有什么难的。再者，养成阅读的习惯，就等于为自己筑起一个避难所，生命中任何灾难降临的时候，往书本里一钻，不失为一个好办法。"

古人也说："开卷有益。"但面对浩如烟海的图书，如何选取有益的读本来启迪心智，这就需要有一定的鉴别能力。

对此，叔本华在《论读书》里说：

"……对善于读书的人来说，决不滥读是很重要的。即使是时下享有盛名、大受欢迎的书，如一年内就数版的政治宗教小册子、小说、诗歌等，也切勿贸然拿来就读。要知道，为愚民而写作的人反而常会大受欢迎，不如把宝贵的时间用来专心阅读古今中外出类拔萃的名著，这些书才真正使人开卷有益。

"坏书是灵魂的毒药，读得越少越好，而好书则是多多益善。因为一般人通常只读最新的出版物，而不读各个时代最杰出的作品，所以作家也就拘囿在流行思潮的小范围中，时代也就在自己的泥泞中越陷越深了。"

正如叔本华所言，"不读坏书"。因为人生短促，时间和精力都是有限的。

出版好书，让大家有好书读。基于这样一个目的和愿景，便有了这样一套"国内外大家经典作品丛书"，希望这些"古今中外出类拔萃的名著"，能令大家"开卷有益"。

编　者

目　录

一个陌生女人的来信

著名小说家 R 去山里进行了一次为期三天的郊游之后，在这天清晨，他返回维也纳。下了火车，他买了一份报纸，下意识地看了一眼日期，才突然想起来今天是他的生日。"哦，已经四十一岁了！"不过这个念头在他脑子里很快地一闪就转而不见了，他既不因此而觉得高兴也不觉得难过。他抖了抖手中的报纸，纸张在抖动中沙沙作响，他随意地翻阅了一下便乘坐小轿车回到了寓所。

回到家后，仆人告诉他，在他离家的这几天有两位客人来访，有几个人打来电话问候，最后仆人把一个托盘端到他面前，里面是他不在的这几天寄来的邮件。他懒洋洋地看了一眼，其中有几封信的寄信人引起了他的兴趣，他就拆开信封看看；另外有一封信的字迹看上去很陌生，摸

着也很厚实，他想都没想便把它搁在了一边。这时仆人端
上茶来，他喝了一口便舒舒服服地往靠背椅上一靠，又随
手翻阅了一下报纸和几份印刷品；无聊之中他点上一支雪
茄，眼睛往旁边一瞥，这才伸手把那封搁在一边的信拿
过来。

　　这封信的确很厚，大约有二三十页，看上去是个陌生
女人的笔迹，写得非常潦草。这么多的纸张与其说是一封
信，倒不如说是一份手稿了。他不由自主地再次摸了摸那
个信封，他想看看里面是不是有什么别的东西没有取出来，
很显然，信封是空的。无论信封还是信纸，上面都没标明
寄信人的地址，甚至连个签名也没有。他心想："真是奇
怪。"便重新把信拿到手里来看。

　　"你，从来也不曾认识过我的你啊！"这句话写在最顶
头，既是称呼，也是标题。他感到十分惊讶，目光也在这
行字上停了下来：这是指的他呢，还是指的一个想象中的
人呢？他的好奇心突然被激起。他开始往下念：

　　"我的儿子昨天死了，为了这条柔弱的小生命，我和死
神搏斗了三天三夜，也在他的床边足足坐了四十个小时。
当时，他正遭受着流感的侵袭，发着高烧，可怜的小家伙
被烧得滚烫。我把冷毛巾敷在他发烫的额头上，不眠不休

地把他那双时时抽动的小手握在我的手里。可是，没有用啊，一直到第三天晚上，他的病也不见好转，我感觉自己要垮了。我的眼睛变得不听话，我自己也不知道眼皮什么时候就合上了。我坐在一把硬椅子上昏睡了三四个钟头，我不知道死神会在这时候，把我可怜的孩子夺走。

现在，这个柔弱可怜的孩子就躺在我的身边，躺在他那窄小的儿童床上，仿佛和他睡着的时候一样。他的眼睛，他那双聪慧的黑眼睛，刚刚合上了，我把他的双手交叉着，安放在他的白衬衫上面，四支白色的蜡烛在床的四角高高地燃着。可我不敢往床上看，我甚至动也不敢动，因为烛光一闪，影子就会从他脸上和他紧闭着的嘴上掠过，看上去，他仿佛在动。那样我就会以为，他没有死，他还会醒过来，还会用他那银铃般的声音跟我说些孩子气的温柔的话儿。可是我知道，他死了，他再也不会醒过来。我只有控制着自己不让自己往床上看，免得再一次心存希望，又再一次遭受失望。我知道，我知道，我的儿子昨天死了——如今，我在这个世界上只有你，只有你一个人了，可是你呢，你对我却一无所知。你正在寻欢作乐吗，什么都不知晓？又或者你正在跟别人嬉笑调情。可我呢，我只有你，你从来都没有认识过我，而我却始终爱着你。

我取来第五支蜡烛，放在这张桌子上，我就伏在这张桌子上写信给你。我怎能孤单单地守着我已经死去的孩子伤心落泪，而不向人倾吐一番我心底的衷情呢？在这样可怕绝望的时刻，我不跟你说又能跟谁说呢？过去，你是我的一切，现在，你依然是我的一切啊！也许我没法跟你把事情说得清清楚楚，也许你也不明白我的意思——现在，我的脑袋已经麻木了，两边的太阳穴止不住地抽动，就像有人拿着槌子不停地敲打。我的四肢也在发疼，我想我可能也在发烧，说不定也得了流感，你可能无法想象，此刻流感正在挨家挨户地蔓延着。不过，真要得了流感倒也解脱了，那我就可以和我的孩子一起去了，省得我自己动手来了结这悲惨痛苦的残生。可现在我还不能死去，我真怕在这个时候眼前一片漆黑，那样的话我连这封信都写不完——这可怎么好呢，所以，我一定要竭尽全力，振作起来，我必须和你谈一次，就谈这一次，你啊，我的亲爱的，从来也没有认识过我的你啊！

我要和你单独谈谈，我要把一切都告诉你。我要让你知道我整个一生，我的一生一直都是属于你的，而你呢，你对我的一生却始终一无所知。可是只有我死了，我才不惧怕听到你的回答——此刻，我的四肢忽冷忽热，这样糟糕的症状确实意味着我的生命将要结束了，所以，我才让你知道我的秘密。可如果我还能继续活下去的话，我就会把这封信撕掉，继续对你保持沉默，就像我过去一直沉默一样。所以，如果某一天你看到了这封信，那你就会知道，这是一个已经死去的女人在向你诉说她的身世，诉说她的生活，从她有意识的那一刻开始，截止到她生命的最后一刻，她的生命都是属于你的。你无须为我说的这些话感到恐慌：一个死者别无企求，她既不期望得到别人的爱，也不要求获得同情和慰藉。我对你只有一个要求，那就是请你相信这颗向你倾诉隐衷的痛苦的心所告诉你的一切。请你相信我说的一切，这是我对你唯一的请求：请相信，一个人在自己的独生子死去的时刻是不会说谎的。

现在，我要把我整个的一生都倾诉给你，说起来，我这一生活着的真正意义是从我认识你的那一天才开始的。在这之前，我的生活糟糕得如同一团乱麻，所以，没认识你之前的那些日子我再也不会去回忆了。它就像是一个被打了封条的地窖，堆满了潮湿发霉的人和事，上面还结着蛛网和时光的尘埃，这些往事，对我而言，都是淡漠和轻渺的。

还记得你在我生活中出现的那年，我十三岁，就在你居住的这幢房子里。此刻，你应该就在这幢房子里，坐在一处，手里拿着这封信，这封我用我生命的最后一息写给你的信。那时，我和你住在同一层楼，你的门正好对着我的门。你肯定是想不起我们了吧，想不起那个当会计员的寒酸寡妇（她总是穿着孝服），也想不起她那个瘦小单薄尚未成年的女儿——是啊，我们太安静了，深居简出，不声不响地包裹在小资产阶级的穷酸潦倒之中。也许，你从来都不曾听过我们的姓名，我们的房门上没有挂牌子，没有人来看望我们，更没有人来打听我们。如今事情已经过去了那么久，算起来都有十五六年了，你什么都不知道也在情理之中，我的亲爱的你。可是我呢？啊，这些年中的每一个细节我都记得如此清晰，那些回忆爬过我的心、我的思维，我清清楚楚地记得我第一次听人家说起你，第一次看到你的那一天，哦，不，那一小时，清晰的就像发生在今天一样。是啊，你是我生命中最爱的人，我又怎么能忘记呢？因为就是在那个时刻，全新的世界才为我而开始啊！哦，亲爱的，请你耐心点，听我把一切都从头说给你听。我请求你，请求你听我用一刻钟的时间谈谈自己。别厌倦，我爱了你一辈子也没有丝毫厌倦啊！

在你还没搬进来以前，那屋子里住着丑陋凶恶的一家人，他们每天都在吵架，他们很穷，几乎一无所有。可尽管如此，他们还嫌弃我们的贫穷，我看得出来他们恨我们，因为我们不愿意染上他们的粗野，那种只属于破败的无产者的粗野和丑陋。这家的男人是个酒鬼，每次喝完酒就打老婆；我们常常睡到半夜就被他们惊醒，椅子倒地的声音，盘子摔碎的声音，简直糟糕透了。有一次那酒鬼又喝醉了，把老婆打得头破血流，那老婆披头散发地逃到楼梯上面，酒鬼呢，还在她身后大喊大叫地咒骂，最后邻居们都开门出来，威胁酒鬼说再闹就去叫警察，一场风波这才算平息。从一开始我母亲就避免和这家人有任何来往，并警告我不要和这家的孩子一块儿玩，因为这，他们一有机会就在我身上找茬出气。如果我们在大街上遇到，他们就会跟在我的身后说一些咒骂人的话，有一次他们竟然用硬实的雪球扔我，我的额头被雪球砸破，满脸是血。

那个时候，全楼的人都怀着一种共同的心思，说实在的，我们都恨这家人。突然有一天，那家人出了事。我记得，是那个男人偷东西给抓了起来。再后来，那个老婆觉得没希望了，便带着她那点家当搬了出去，那家人走后，全楼的人都松了一口气。房子空置了下来，招租的条子在大门上贴了好几天，后来又给揭下来了。接着便从门房那里传出了消息，说是有个作家租了这个住宅，他们说作家是一位单身的儒雅的先生。那便是我第一次听到你的姓名。

几天之后，那间屋子开始热闹起来，油漆匠、粉刷匠、清洁工、裱糊匠都来打扫收拾。说来也是，屋子被原来的那家人弄的已经不成样子。于是，楼廊里开始传来一阵叮叮当当的敲打声、拖地声和刮墙声，可是我母亲并不觉得吵闹，她说，对面那讨厌的一家子总算不再和我们为邻了。

可你呢，就算在你搬家的那天我也没见到你的面；搬进搬出的工作都是你的仆人在照料。我记得你那个小个子的男仆，看上去很严肃，头发有些灰白，不过说话倒是轻声轻气的。他很能干，认真地指挥着全部工作，冷静中又带着一种居高临下的神气。

总之，你的男仆给我们大家都留下了深刻的印象，当然，这也是有原因的。首先，我们居住的这幢房子坐落在郊区，能有这么一位上等男仆可算是一件十分新鲜的事情；其次，他对所有的人都很客气，可这种客气仅仅止于礼节，他并没有因为自己仆人的身份而有丝毫的卑微感，他虽然和楼里的人们友好问候，同时却又保持着一种恰当的距离。不得不说，他是个有涵养的人。从第一天起，他就毕恭毕敬地和我母亲打招呼，他把她当作一位有身份的太太一样尊重；甚至对我这个小黄毛丫头，他的态度也是和蔼认真的。就是这样一个人，只要一提起你的名字，便总会带着一种尊敬的神气、一种特别的敬意——从他的神情中，旁人就可以看出，他和你的关系，远远超出一般主仆之间的关系。也是因为这些，我才会那么地喜欢这个善良的老约翰！尽管在我的内心深处，我是那么地嫉妒他羡慕他，因为，他可以一直待在你的身边，一直那么亲密地侍候你。

亲爱的，我把这一切都告诉你，把这一切琐碎的、甚至有些荒唐可笑的事情喋喋不休地说给你听，你不要厌烦我，我只是想让你明白，你对我而言具有多么大的能量，是你的出现，给我这个生性腼腆、胆怯羞涩的女孩打开了一个全新的世界。你或许不能理解，你自己还没有进入我的生活，但你的身边却已然出现了一个光圈，一种富有、独特、神秘的光圈——住在这幢郊区房子里的所有人都非常好奇地、迫切地等你搬进来住（生活在狭小空间里的人们，往往会对门口发生的一切新鲜事物感到好奇）。

　　有一天下午，我放学回家，看见一辆搬运车停在楼前，我知道，车上的所有东西都是属于你的，就连我骤然膨胀起来的好奇心也是属于你的。那些笨重的大件家具，早就被搬运工抬上楼去了；还有一些零星小件正在往上拿。我站在门口，又惊又奇地张望着，因为你所有的东西在我眼里都是那么奇特，那么别致，是的，这些东西我从来没有见过：有印度的佛像，意大利的雕刻，色彩鲜艳夺目的巨幅油画……末了又搬来好些书，那些书真是好看极了，我从来没想到过，书也可以这么好看。这些书都整整齐齐地码在门口，你的仆人很小心地把它们拿起来，用掸子仔细地把每本书上的灰尘都掸掉。我好奇心切，轻手轻脚地走过去，围着越码越高的书堆边走边看，你的仆人没有理会我，他既不把我撵走，但也没有鼓励我走近的意思；所以我一本书也不敢碰，尽管我心里那么渴望去摸摸其中一些书的软皮封面。末了，我只好怯生生地从旁边看看书的标题：这里有法文书、英文书，还有一些书的标题用了很奇怪的文字，那样的文字，我连见都没见过。我当时想，这么多的书，我会用很长的时间傻看下去的吧。可是，没过多久，我的母亲就把我叫回去了。

整个晚上我的脑海里全是你，可当时明明我还不认识你呢。你那么富有，拥有那么多精美的书，而我自己只有十几本书，它们的价钱都很便宜，破烂的硬纸做成的封面有些粗糙，可这有什么关系呢，我对这些书视若至宝，读了又读。我不禁想：这个人有那么多漂亮的书，懂那么多种文字，而且他还很有钱，一个既有钱又有学问的人应该长成什么模样呢？一想到那些码在你门口的精美的书，我心里便会不由地对你产生一种崇拜又敬畏的情感。所以，我试图想象你的模样：你应该是个戴黑框眼镜的老先生吧，蓄着长长的白胡子，就像我们的地理老师一样，哦不，你应该比他更和善、更俊朗、更儒雅——我自己也搞不明白，为什么对你一无所知就那么有把握地认为，你一定长得俊朗，可在我当时的想象中，你还是个老头呢。你说可不可笑，就在那天夜里，我还不认识你，就梦见了你。

第二天，你住进了那间屋子，可是我想尽了一切办法去打探勘察，还是没能看到你的样子——我的那颗心越发的好奇了。最后，到第三天，我才看见你。

你的模样和我想象中的完全不同，你不是我孩子气想象中的老爷爷，你没有戴那么老古董的黑框眼镜，也没有用来形容老者的和蔼可亲的表情。你的出现，使我感到非常意外——你那时的模样跟你今天的样子没有任何不同，原来你这个人始终没有变化，就像岁月不曾光顾过你一般！你穿着一身浅褐色的运动服，看上去是那么迷人，你上楼的时候总是两级一步，步伐活泼而敏捷，显得格外潇洒。那天，你没有戴帽子，所以我一眼就看见了你那张容光焕发、表情生动的脸，你的头发很有光泽，这使你显得更加年轻。怎么说呢，我的惊讶简直难以形容：你是那样的年轻、俊朗，你的身材颀长、动作灵敏、英俊潇洒，说实在的，我真的吓了一跳。

你说这事不是很奇怪吗，我竟在这最初的瞬间非常清晰地感觉到了你所具有的独特之处。不仅是我，但凡和你认识的人大抵都怀着一种别样的心情来看待你：你是一个具有双重人格的人，一方面你是一个轻狂、贪玩、喜欢冒险的追风少年，另一方面在你所从事的的艺术领域内你又是一个无比严肃、认真负责、学识渊博的长者。就在那个时刻，我无意识地感觉到了后来每个人对你都怀有的那种印象：你过着一种反差极大的两极生活，你既有对外界开放的一面，又有极为隐晦的一面。当然，或许这一点只有你一个人知道——这种被深深隐藏的两面性或许是你一生的秘密。可这又该怎么解释呢，我这个十三岁的姑娘，却在第一眼就感觉到了你身上的这种两重性，竟还着了魔似的被这样的一个你吸引住了。

你现在明白了吧，亲爱的，在当时那种情境下，你对我这个尚还稚嫩的孩子来说，是一个多么不可思议的奇迹，一个多么神奇而诱人的谜啊！想想看，一位因为写了好多书而在另一个大世界里声誉远播被大家所尊敬的人物，竟然是个年轻潇洒、帅气开朗的青年，况且这个青年只有二十五岁！还要我对你说些什么吗，一切都那么显而易见，因为就是从这天起，在我们这所房子里，在我整个可怜的幼年世界里，除了你便再也没有任何的东西能使我感到兴趣了。

一个十三岁的女孩，就这样把她全部的傻劲儿，固执地交给了你，从此，你的生活、你的存在成了她所有兴趣的所在！

此后，我仔细地观察你，观察你的出入起居，观察那些进出于你房间的人，在这些观察中，我开始渐渐了解你。当然，我对你的好奇并没有因为我的窥视和对你的了解而削弱，相反，这种好奇与日俱增。因为来看你的人形形色色，他们来自不同的阶层，身份不同、年龄悬殊，这些都暗合了你性格中的两重性。有时来看你的是一帮年轻人——你的同学——一批不修边幅的大学生，你毫无拘束地和他们一起高声大笑、发疯似的胡闹。有时也有些身份高贵的太太们乘着小轿车来。

我记得有一次歌剧院经理来了，我知道他是个伟大的指挥家，看见他站在乐谱架前时，我只能满怀敬意地从远处观望。还有一些正在上商业学校的年轻姑娘们，看得出她们很羞涩，通常是一闪身就溜进门去，那速度快得就像是训练有素的小偷。怎么说呢，总之，出入你房间的女人很多，多极了。当然，对此我并不觉得有什么奇怪，就像那天早上我正要去上学，恰巧看见一位脸上蒙着厚厚面纱的妇人从你屋里出来，我也不觉得奇怪一样——十三岁的我，就是怀着这样一种热烈又难以抑制的好奇心，刺探你的行踪、窥视你的举动。可我毕竟还是个孩子，不知道这种好奇心已经是爱情了。可是亲爱的，尽管如此，我还是清楚地记得，我完全地爱上你，永远迷上你的那一天，那个时刻。

那天，我和一个女同学散步回来，正站在大门口闲聊。这时一辆小汽车向我们这边驶来，车子刚在门口处停下，你就迫不及待地从车上一跃而下，动作敏捷而轻巧，简直帅极了，那一幕我至今想来仍旧心动不已。下了车，你向大门走来，我想都没想就给你把门打开，这样的一个举动正好让我挡了你的道，我们两个差点撞在一起，你低下头看了我一眼，眼神温暖、柔软而富有深情，就像是对我温柔的爱抚，然后你冲着我微微一笑。天呐，我简直没有合适的语言来形容你的那一笑，我只能说：你温情款款地冲我一笑，用一种非常轻柔的，就像雪花落在窗前的温柔又亲昵的声音对我说："多谢，小姐。"

这就是全部的经过，可是亲爱的，你永远都不会知道，从你那充满柔情蜜意的眼光降临到我身上的那一刻起，我就已经完全属于你了。在不久后我开始明白，你的这道既含情脉脉，又摄人心魄的目光，原来是一个天生的诱惑者的目光，它能把对方拥抱起来，吸引到你身边，甘心臣服于你。我知道，每一个从你身边走过的女人都沐浴过这样多情且温柔的目光，就像每一个卖东西给你的女店员，每一个给你开门的使女。或许，这种目光于你而言并不是有意为之的多情和爱慕，而是你对女人所怀有的一种发自内心的柔情，使你一看见她们，眼光便不由自主地变得温柔起来。可这一切对我却是一种折磨，十三岁的我对这种柔情一无所知：我的心里像着了火似的难受极了。我以为，你的含情脉脉、你的温柔似水只针对我，是给我一个人的。

就在这样的一个瞬间，我这个还没有成年的女孩一下子就成长为一个女人，而这个女人从此便永远属于你了。

"你认识这个人吗？"我的女同学抛出这个问题后，我一下子愣在了那里。我要怎么说出你的名字呢：就在这一秒钟，在这唯一的一秒钟里，你的名字在我心目中变得神圣无比，它成了我心里的一个秘密，一个永远不能和他人分享的秘密。

"哦，是住在我们楼里的一位先生！"我支支吾吾地回答道。

"那他看你一眼，你怎么就一脸的通红啊！"我的女同学用一种别有意味的眼神打量着我，言语中满是嘲讽。或许是女同学的讽刺恰巧捅着我心里的秘密了，不安让血液急速涌上了我的脸颊，窘迫之下我就生气了。

我恶狠狠地回了她一句："坏丫头！"其实心里把她活活勒死的想法都有了。可是她并不恼，反而笑得更欢了，而且对我的嘲讽也变本加厉起来，末了我才发现，我纵然心里有火也是拿她没办法的。眼里蓄满泪水的我能做的就是不理会她，然后一口气跑上楼去了。

所以亲爱的，也是从这一秒钟起，我真正而完全地爱上了你。我知道，这样的话，应该有很多女人对你说过，你那么骄傲。可是请相信我，没有一个女人像我这样死心塌地地爱着你，甚至爱得忘了自己，我对你从未变过心，过去是这样，现在是这样，永远是这样。在这个世界上大抵没有什么东西能比得上一个孩子那份神圣而不为人所觉察的爱情了，因为这种爱情是安静温顺的，不寄予太多希望，不奢求得到回报，有些曲意逢迎，有些委身屈从，还带着新鲜的热情奔放；这和成年妇女的那种太过热烈，在不知不觉中索取贪婪的爱情完全不同。只有孤独和纯粹的孩子才能把全部热情集中起来，毫无保留地付给一个人，而其他的人在复杂的人情世故中早已把感情消磨殆尽，他们已经丧失了谈论真情的能力。当然，他们也常听人谈论爱情，在小说里读到爱情，他们也知道，爱情是人们共同的命运。但悲哀的是，他们已经不相信爱情了，他们玩弄爱情，就像摆弄一个玩具，他们夸耀自己恋爱的经历，就如一个未成年的男孩抽到第一支香烟那样洋洋得意。

可我身边没有别人，我没法向别人诉说我的心事，没有人指点我、引领我，我毫无阅历，丝毫不知道如何安排自己：我一头栽进我的命运，就像跌进一个见不到底的深渊。我眼所见心所想的只有一个人，那就是你，就连睡梦中我也只看见你，我把你视为知音，视为我的一切：我的父亲很早就去世了，我的母亲是个悲观的女人，她郁郁寡欢，仿佛生命中没有什么值得她开心的东西，她靠养老金生活，胆小怕事，总的来说她和我并不贴心；我也有同龄的玩伴，但她们把爱情当作游戏的轻薄行为令我十分反感，因为在我的心目中，爱情是至高无上的——所以我把从前分散零乱的感情收拢起来，包括我整颗紧缩在一起而又一再急切向外迸涌的心灵都奉献给你。

可是亲爱的，我要怎么对你说才好呢？任何比喻、任何言语都显得太过苍白，你是我的一切，是我整个的生命。世上万物因为和你有关才存在，我生命中的一切只有和你连在一起才有意义，是你让我的整个生活焕然一新。

从前在学校里学习一直平平常常，不好不坏的我现在突然一跃成为全班第一，我如饥似渴地念书学习常至深夜，因为我知道，这也是你喜欢做的事情；我开始以一种近乎倔强的毅力练起了钢琴，就连一向默然不语的母亲也表示出了她的惊讶，可我这么做只是为了你，我想你大概也是热爱音乐的吧。我把我的衣服洗了又洗，缝了又缝，为的就是让站在你面前的我是干干净净，讨人喜欢的。我那条旧的校服罩裙（是我母亲穿的一件居家服改的）很破，它的左侧还打了一个四四方方的补丁，我讨厌死这个补丁了，我怕你因为这个补丁而看不起我，所以我每次跑上楼梯的时候，总会用书包紧紧盖着那个地方，我诚惶诚恐，只担心你会看见那个让我窘迫的补丁。

　　一个陷入爱情的孩子是多么傻气啊！因为在那次以后你几乎从来也没有再正眼看过我一次，是的，一次也没有。

　　而我呢，我每天傻傻的什么也不干，却只为等着你，窥探你的每一个举动。我应该庆幸我们家的房门上面有个小小的窥视孔，因为透过这个圆形的小孔我可以一直看到你的房门。这个小小的窗孔啊，就是我望向世界的眼睛——啊，你在笑我吗，亲爱的。你不会知道，那几个月，那几年，我就是这样手里拿着一本书，一下午一下午地坐在小窗孔前，坐在冰冷的走廊里守候着你，还要提心吊胆地提防着母亲的疑心。那时候我的心啊，紧张得就像一根绷紧的琴弦，你一出现，它就会颤个不停。直到今天想到这些，我依然不会感到羞臊。

　　一年一年，我的心就这样为你而紧张，为你而颤动着；可是你呢，你对此却是毫无感觉的，就像你口袋里装了一只怀表，可你对它绷紧的发条始终没有感觉一样。这根不知疲倦的发条在不被你在意的黑暗中耐心地数着你的钟点、计算着你的时间，用一种你听不见的心跳陪着你走走停停。而你呢，在它嘀嗒嘀嗒不停的几百万次转动中，只有一次向它匆匆瞥了一眼，从此，便再无交集。你的任何事情我都很清楚，我知道你的每一个生活习惯，认得你的每一条领带、每一套衣装，认识你的每一个朋友，并且不久就能把他们区分开来，把他们分成我喜欢的和我讨厌的两种人：从十三岁到十六岁，我的每一小时都是在关注你的生活中度过的。

天，你或许永远都不会知道我干了多少傻事！我亲吻过你的手触摸过的门把，我把你进门之前扔掉一个的雪茄烟头偷偷捡起，并视若珍宝，只因为它曾被你温柔的嘴唇亲吻过。晚上我费尽心思找遍借口上百次地跑下楼去，只为到胡同口去看看你的哪间房里还亮着灯光。多可笑，我仿佛只能用这样的办法来感觉你那看不见的存在，我只能依靠想象来亲近你。你出门旅行的那些周末中——当善良的约翰把你的黄色旅行袋小心地拎下楼时，我的心便在那一刻惊慌地停止了跳动——那些看不到你的周末我虽生犹死，活着对我来说丧失了它所有的意义。无比糟糕的心情，让百无聊赖的我茫然不知所措，你不会了解，我得要多小心，才能不让母亲从我哭肿了的眼睛中觉察到那些绝望的心绪。

我明白，现在告诉你的这些事情都是一些滑稽可笑的荒唐行径，一些孩子气的蠢事。或许在你眼里我应该为这些事而感到羞耻，可是我并不觉得，因为我对你的爱从来没有像现在这样更纯洁、更热烈,这是一种在天真的感情中流露出的自然表现。如果要我说,我可以一连几小时,甚至一连几天几夜地跟你说,我当时是如何和你一起生活的,而你呢,在那么长的时间内几乎从来没有跟我打过一个照面。因为每次在楼梯上遇见你,知道自己躲也躲不开时,我就会一低头从你身边跑上楼去,你不会了解我有多么惧怕你那热烈的眼光,一如怕被火烧着的人,选择纵身跳入河里一样。如果要我讲,我可以一连几小时,甚至一连几天几夜地跟你讲那些早已被你忘却的岁月,我可以给你铺展开一份属于你整个一生的日历;可是我不能,因为我怕你无聊,更怕你难受。不过我还是想把我童年时代最美好的一个经历告诉你,我祈求你别嘲笑我,虽然这只是一桩微不足道的小事,但对于我这个孩子来说,却是一件了不起的大事。

那应该是个星期天,你出门旅行去了,你的仆人刚把一条笨重的地毯拍打干净,想要把它拖进屋去。我看他干这个活十分吃力,不晓得从哪儿来的一股勇气,便向他走了过去,问他需不需要我帮忙。他看上去似乎很惊讶,但还是让我帮了他一把。于是我就看见了你房间的全貌——我实在无法向你形容,我当时是怀着何等敬畏甚至虔诚的心情!我看见了独属你的那个天地,你的书桌,你应该经常坐在这张书桌旁边吧,桌上摆放了一个蓝色的水晶花瓶,瓶里插着几朵新鲜的花，我看见了你的柜子、你的画、你的书。我就那么匆匆忙忙地向你生活的这个世界偷偷地望了一眼，我想你忠实的仆人约翰一定不会让我这个外人仔细观看的，可就这么一眼对我来说就已经足够了，你房间里的整个气氛都被我吸收进来，所以我无论醒着还是睡着都有足够的营养供我幻想。

这匆匆而逝的不到一分钟的时间，就这样成了我童年时代最幸福的时刻。所以，我要把这个时刻告诉你，是为了让你——你这个从来也没有认识过我的人啊——从这一时刻开始感到，有一个年轻的生命依恋着你，并且为你而憔悴。我要把这个最幸福的时刻告诉你，但同时我也要把那最可怕的时刻也告诉你，你或许不会想到这两者竟挨得如此之近！我刚才跟你提到过了，为了你的缘故，我几乎什么都忘了，忘了我的母亲，除了你，我似乎对谁都不关心。所以我没有发现，有个上了年纪的男人，一个和我母亲沾着远亲的因斯布鲁克地方的商人，开始经常来我家做客，而且一待就是好长时间。原本这是很值得我高兴的事情，是啊，因为很多时候他可以带我母亲去看戏，这样我就可以一个人待在家里，想你、守着等你回来，这可是我唯一的可以炫耀的幸福啊！可我没想到的是有一天母亲把我叫到她房里，唠唠叨叨地说了好多话，并说是要和我严肃地谈谈。我的脸刷的一下就白了，一颗心怦怦直跳：难道她预感到了什么，或者猜到了什么？我的第一个念头想到的就是你，这是我唯一的秘密，它是我和外界发生一切联系的纽带。正当我胡思乱想的时候，母亲突然温柔地吻了我一下（平时她是从来不吻我的），她的样子有些羞涩，她把我拉到沙发上坐下，然后吞吞吐吐地对我说，她的这位远亲死了妻子，是个单身汉，现在向她求婚，而她出于对我的考虑，决定接受他的请求。听到这里，一股热血顿时涌到我的心头，我心里只有一个念头，我想到了你。

"那咱们还住在这儿吧？"我只能结结巴巴地说出这么一句话，天晓得我有多么害怕离开你。

"不，我们将搬到因斯布鲁克去住，斐迪南在那儿有座漂亮的别墅。"她又说了些什么，但我已经听不到了。我只觉得眼前一黑，后来才知道，我当时晕过去了。当我听见母亲对那位等在门后的继父低声说些什么的时候，我突然就向后一仰，像铅块似的倒在了地上。

后来又发生了一些事情，可我还是个没有独立能力的孩子，又怎么能抵抗得过他们，这一切的遭遇我无法向你形容：直到现在，我一想到当时的情景，我握笔的手还会抖动起来。我心里的秘密不能泄露，以致我的反对在他们看来纯粹就是一个脾气倔强、固执己见的孩子无理的表现。

他们谁也不再理会我，所有的一切都是背着我进行。他们利用我上学的间隙搬运东西：等我放学回家，总有一件家具被搬走或者卖掉了。

我就这样眼睁睁地看着我的家被搬空了，我知道我的生活也将会随之毁掉。有一次我回家吃午饭，搬运工人正在打包所有的家具，要把所有的东西都搬走。空荡荡的房间里只放着收拾妥当的箱子以及两张行军床，那是给我母亲和我准备的：我们还得在这儿过一夜，最后一夜，等天一亮我们就得乘车到因斯布鲁克去。

在这最后的时刻，我无比坚定地感觉到，如果不在你的身边，我就没法活下去，除了你我不知道还有什么别的救星。直到现在我也说不清楚，当时到底是怎么想的，在那样绝望的时刻，我还能头脑清醒地进行思考，可是突然，当时我母亲不在家，我站起身来，穿上校服，走到对面的房间去找你。不，我根本不是走过去的：应该说是一种像磁铁一样神奇的力量，把僵手僵脚、四肢颤抖的我吸到了你的门前。我前面已经跟你说过了，我自己也不明白，我到底打算怎么样：我想跪倒在你的面前，乞求你收留我，哪怕做你的丫头，做你的奴隶。可我又怕你会取笑一个十五岁的女孩子的这种狂热之情，尽管这份感情是纯洁无邪的。可是亲爱的，假如你知道，站在你门外那冷气彻骨的走廊里，当时的我被吓得是怎样的浑身僵直，可同时我的身体又被一股难以言明的力量驱使着，向你房间的方向移动，我是怎样用尽力气，举起不停颤抖的手臂，伸了出去——这场斗争虽然只经过了可怕的几秒钟，可对于当时的我来说真像是一个世纪般漫长——用手指去按响你的门铃，如果你知道了这一切，你就不会取笑我了。

时隔多年，那天那刺耳的铃声至今还在我耳边震响，我记得按响门铃后接下来是一片寂静，我的心脏仿佛停止了跳动，我周身的鲜血也凝结不动，我屏息静听，看你是否走来开门。可是你没有来。谁都没有来。很显然，那天下午你不在家里，约翰或许也出去办事了，所以我只好拖着沉重的脚步，摇摇晃晃地回到已经搬空的、简陋冷清的家。门铃的响声始终在我耳际萦绕，我精疲力竭地倒在旅行毯上，从你的门口到我家一共有四步路的距离，而我却走得疲惫不堪，就好像在大雪地里跋涉了几个小时一样。可是尽管精疲力尽，我想在他们把我拖走之前看你一眼，和你说说话的愿望却没有熄灭。我向你发誓，这里面没有丝毫情欲的念头，我当时还是个天真单纯的姑娘，除了你以外实在别无所想：我一心只想看见你，再见你一面，就那么紧紧依偎在你的身边就好。

于是整整一夜，可怕而又漫长的一夜，亲爱的，我一直等着你。妈妈刚躺下睡着，我就轻手轻脚地溜到门廊里，竖起耳朵倾听，听你什么时候回家。整整一夜我都在等着你，这可是寒冬一月的冰冷之夜啊。我疲倦极了，四肢酸疼，门廊里已经没有椅子可坐，我只好趴在地上，阵阵寒风从门底下透过来。我穿着单薄的衣裳躺在冰冷的硬地板上，我没拿毯子，我怕毯子的温暖会让我轻易睡着，这样，我就听不见你的脚步声了。

躺在地板上的我浑身都疼，两只脚不停地抽筋、蜷缩，我的两臂瑟瑟发抖，我只好一次次地站起身来，在这可怕的黑漆漆的门廊里我冷得要命。可是我仍然等着、等着，就这么一直等着你，就像等待我的命运。

终于，我听见楼下有人用钥匙打开大门的声音，那大概是在凌晨两三点钟的样子，然后我听到了顺着楼梯上来的脚步声。刹那间我的寒意顿消，一股热流遍布全身，我轻轻推开房门，想一个箭步冲到你的跟前，扑在你的脚下……啊，我当时真无法想象，我这个傻姑娘会干出什么事来。

脚步声越来越近，烛光晃晃悠悠地从楼梯照了上来。我握着门把，浑身哆嗦。上楼来的，真的是你吗？

没错，上来的正是你，亲爱的——可是你不是一个人回来的。我听到一阵娇媚的轻笑，绸衣拖地的悉索声和你低声说话的声音——你是和一个女人一起回来的。

这一夜我到底是怎么熬过来的，我不知道。我只知道第二天早上八点钟他们把我拖到因斯布鲁克去了，而我一点反抗的力气也没有了。

昨天夜里我的儿子死了，如果现在我真的还要继续活下去的话，我又要一个人孤零零地生活了。明天他们要来，那些肮脏、粗笨的陌生男人，会带着一口棺材来，我将把我可怜的唯一的孩子装到那里面去。也许会来一些朋友，带来些花圈，可是鲜花放在棺材上又有什么用呢？他们也会来安慰我，给我说些好听的话，可是他们能带给我什么帮助呢？我知道，事后我又得独自一人面对这凄惨的生活。

世界上再也没有比身在人群却又倍感孤独更可怕的事情了。当时，我在因斯布鲁克度过的漫无止境的两年时间里，早已体会到了这一点。十六岁到十八岁的那两年，我简直像个囚犯，像一个被抛弃的人，生活在我的家人中间。我的继父是个性情温和、沉默寡言的男子，他对我很好，我母亲呢，像是为了补赎一个无意中犯的过错，对我也总是百依百顺；很多年轻人围着我，讨好我；可是我固执地拒他们于千里之外。离开了你，我无法高高兴兴、心满意足地生活，我陷入阴郁的小天地里，自己折磨着自己，孤独寂寥地生活。他们给我买的花花绿绿的新衣服，我从来不穿；我拒绝去听音乐会、拒绝去看戏、拒绝跟任何人一起快快活活地出去远足郊游。我很少上街，几乎足不出户。

你相信吗，亲爱的，我在这座小城市里住了两年之久，认识的街道还不到十条。我每天忧愁着，一心只想着忧愁，看不见你，我什么都不想要，我只想从这种忧愁中得到某种陶醉。而且，我只是热切地想要在心灵深处和你单独待在一起，我不愿意任何事情使我分心。我一个人坐在家里，一坐就是几小时，或者一坐一整天，我几乎什么事也不做，就是想你，把成百件细小的往事翻来覆去地想个不停，回想每一次和你见面，每一次等候你的情形，我把这些小小的片段想了又想，就像看戏一样。

就是因为我把往日的每一秒钟都重复了无数次，所以对于整个童年时代我都记得一清二楚，过去这些年每一分钟对我都是那样的生动、具体，它们仿佛就发生在昨天。

我当时的心思完全集中在你身上。我买来了所有你写的书，只要你的名字一登在报上，我便把这天当作我的节日。你能想象吗，你的每一本书我念了又念，不知念了多少遍，甚至书中的每一行字我都背得出来。如果有人半夜把我从睡梦中唤醒，从你的书里选取那么一行孤零零的文字念给我，即使在今天，时隔十三年，我依然还能接着往下背，就像在做梦一样——你写的每一句话，对我来说都是福音书和祷告词啊！对我来讲，整个世界只是因为和你有关才存在。我在维也纳的报纸上查看音乐会和戏剧首次公演的广告，心里只有一个念头，那就是你会对什么样的演出感兴趣。一到晚上，我就在离你遥远的地方陪伴着你：此刻他走进剧院大厅了，此刻他坐下了。这样的事情我梦见了不下一千次，因为我曾经有一次在音乐会上亲眼看见过你。

我为什么要说这些事情呢？为什么要把一个孤独的孩子的这种疯狂的、自己折磨自己的、这般悲惨和绝望的狂热之情告诉你呢？告诉你这个对此毫无所感、一无所知的人呢？难道我当时还只是个孩子吗？可我已经十七岁，转眼就满十八岁了——开始有年轻人在大街上扭过头来看我了，不过他们只会使我生气发火。因为要我想象着和别人恋爱，而不是爱你，哪怕仅仅是闹着玩的，仅仅是一个念头，我都觉得对我来说是难以理解、难以想象的陌生。是的，哪怕是稍稍动心在我看来就已经是在犯罪了。

我对你的热情一如既往，只不过随着我身体的发育，随着我内在情欲的觉醒，这份热情和过去已有所不同，它变得更加炽烈、更加含有情欲的成分，更加具有女性的成熟气息。当年潜伏在那个不懂事的女孩子的下意识里、驱使她去按你的门铃的那个懵懂的愿望，现在已变成了我唯一的思想：把我奉献给你，完全地奉献给你。周围的人都认为我腼腆，说我脸皮薄而害羞，我听了只是咬紧双唇，我不能把我的秘密告诉任何人。于是在我心里便产生了一个钢铁般的意志。我一心一意只想着一件事：回到维也纳，回到你的身边。不管它在别人看来，是何等的荒谬，何等的难以理解。我的继父有丰厚的资产，他把我当作亲生女儿一般对待。可是我不想依靠别人，固执地要自己挣钱养活自己。经过努力，最后我终于达到了目的，我去维也纳投奔了一个亲戚，在一家规模很大的服装店里当了个职员。

难道还要我对你说，在一个雾气朦胧的秋日的傍晚，我终于——终于——来到了维也纳，也许你会问，我最先是到哪儿去的呢？我把箱子存在了火车站，然后跳上一辆电车，——心急的我觉得这电车开得真是慢啊，它每停一站我就满心怒火——就那样我一路奔跑到那幢房子跟前。透过窗户我看到你的房间还亮着的灯光，整颗心怦怦直跳起来。直到这时，这座城市，这座对我来说如此陌生、如此毫无意义地在我身边喧嚣嘈杂的城市，才算有了一点儿生气。直到这时，我才算重新复活，因为我感觉到了你的存在，你，是我永恒的梦。

只是我没有想到，我对你的心灵来说，无论是相隔万重的山川河流，还是在你和我抬头仰望的目光之间，只隔着你窗户的那一层玻璃，结果却都是同样的遥远。我抬头看啊，看啊：那里有灯光，那里有房子，那里有你，对我来说这就够了，这就是我渴望的天地。两年来我一直朝思暮想着这一时刻，如今总算是盼到了。在这个漫长的夜晚，天气已经变暖，夜色被一层薄雾弥漫，我便那么一直站在你的窗下，直到那扇窗户里的灯光熄灭，我才离开去寻找我的安身住处。

之后的每天晚上，我都这般站在你的房前。我每天在店里工作到六点，活很重，也很累，不过我很喜欢这份工作，因为工作一忙，我便不至于那么痛切地感受到自己内心的骚乱。每当铁制的卷帘式的百叶窗哗的一下在我身后落下，我便径直奔向我心爱的目的地。我心里唯一的愿望就是，只想看你一眼，只想和你见一面，只想远远地用我的目光去抚摸你的脸！

这样的日子持续了大约一个星期，我终于遇见你了，而且恰好发生在我没有料想到的一瞬间：我正抬头窥视你的窗口，你突然穿过马路走了过来。那一刻，我似乎又成了那个十三岁的小姑娘，我觉得浑身的热血涌向我的面额，我违背了我内心强烈的渴望和与你对视的欲望，不由自主地低下头，如同一个被人追赶的逃兵一般，飞快地从你旁边跑了过去。事后我为自己这种女学生似的怯懦的逃跑行为感到羞臊，因为在这之前我已经打定了主意：我一心只想和你重逢，我一直在寻找你，经历了这些好不容易才熬过来的岁月，我多么希望你能认出我是谁，希望你注意到我，更希望我能为你所爱。

可是好长一段时间里你都没有注意到我，尽管我每天晚上都站在你必经的胡同里，哪怕风雪交加，维也纳凛冽刺骨的寒风吹个不停，也不例外。有时候我傻傻地等了几个小时，但更多的时候一等就是半天，然后我终于看到你和朋友一起从家里走出来，有两次我还看见你和女人在一起——我看见你和一个陌生的女人手挽着手紧紧依偎着往外走，那样子可真亲密啊！我的心就那么猛地一下抽缩在一起，我的灵魂几乎被撕裂，这时我突然感到我已长大成人，感到心里有种新鲜的又异样的感觉。从童年时代起我就知道老有女人来访问你，所以我并不觉得意外，可现在不一样了，我突然感到一阵肉体上的痛苦，感情的波浪也此起彼伏，我开始恨你和别的女人这样明显地表现出肉体上的亲昵，可同时我自己竟也渴望着能得到这种亲昵。出于一种幼稚的自尊心，一整天我都没到那条胡同里等你，要知道我从前就有这种幼稚的自尊心，也许直到今天我依然如此。可是这个因为倔强而和你赌气的夜晚变得非常空虚,这是多么可怕的一个晚上啊!所以,到了第二天晚上我又忍气吞声地站在了你的房前,我等啊等啊,或许我的命运早已注定,我这一生就如此站在你紧闭着的生活前面等着你。

终于有一天晚上,你注意到我了。远远地我就已经看见你走来,我赶忙振作精神,告诫自己别到时候又躲开你。事情也真凑巧,恰好这时有辆卡车停在街上卸货,把马路弄得很窄,你只好擦着我的身边走过去。你那漫不经心的目光无意识地在我身上一扫而过,它刚和我专注的目光一接触,瞬间就变成了那种专门对付女人的目光。勾起往事,我大吃一惊——又是那种充满柔情蜜意的目光,既含情脉脉,同时又摄人心魄。对,就是那种把对方紧紧拥抱起来的能勾魂摄魄的目光,这种目光曾经在我第一次遇到你的时候把我唤醒,使我一下子从孩子变成了女人,变成了恋人。你的目光和我的目光就这样接触了一秒钟、两秒钟,我的目光再也无法和你的目光分开,而且也不愿意和它分开——接着你就从我身边过去了。我的心跳个不停:我开始身不由己,脚步不听使唤地放慢下来,一种难以克制的好奇心驱使我扭过头去。于是,我便正好和停住脚步正回过头来看我的你相遇了。你好像非常好奇、充满极大兴趣地仔细观察着我,我从你的表情立刻看出,你并没有认出我来。

你没有认出我来。你当时没有认出我，也从来没有认出过我。亲爱的，我该怎么向你形容我那一瞬间失望的心情呢。那是我第一次遭受这种命运，这种不为你所认出的命运，这注定了我一辈子都要忍受着这种命运，并随着这种命运而死。没有被你认出来，一直都没有被你认出来。我要怎样才能向你描绘这种失望的心情呢！

你可以想见，在因斯布鲁克的这两年，我每时每刻都在想念你，我几乎什么也不干，每天想象着我们在维也纳重逢的情景是怎样的，我跟随着自己情绪的好坏，想象着最幸福的和最恶劣的可能性。如果可以这么说的话，那么我已经在梦里把这一切都过了一遍了：在我心情抑郁的时候我设想过，你会把我拒之门外，会看不起我，因为我太低贱、太粗陋、太讨厌。你的厌恶、冷酷、淡漠所表现出来的种种形式，在我热烈亢奋所想象出来的幻境里都已然经历过了——可是这点，就这一点，即使我的心情再低迷，自卑感再严重，我也不敢去想。这是最可怕的一点，那就是你根本没有注意到有我这么一个人存在。今天我终于懂得了——唉，是你让我明白的——对于一个男人来说，一个少女、一个女人的脸大约是一种变化多端的东西，因为在大多数情况下它只是一面镜子，它有时是炽热激情的，有时是天真烂漫的，而在某个时刻它又是疲劳困倦的，女人便如这镜子中的人影一样转瞬即逝。如此一来，一个男子也就更容易忘却一个女人的容貌了，因为年龄会在她的脸上刻下痕迹，或者布满阴影，而服装又会把她的样子时而这样时而那样地加以衬托。

没有经历过伤心失意的女人或许是不会真正懂得这其中的奥秘的。可我当时还是个少女，还尚不能理解你的健忘，是我自己一头栽进对你毫无节制又没完没了的想念之中，结果却让我自己产生了错觉，以为你一定和我一样，常常在想念我，常常在等我。

如果我能明白地知道，我在你心目中什么也不是，你从来也没有想过我一丝一毫，那么我要靠什么来支撑自己继续活下去呢！可你的目光告诉我，你一点也不认得我，你一点也想不起来你的生活和我的生活曾经有过一些细如蛛丝的联系。你目光中的这种陌生让我如梦初醒，也令我第一次真切地跌到现实之中，第一次预感到我的悲惨命运。

那天，你没有认出我是谁。两天之后我们又一次邂逅，你的目光再次以某种亲昵的情绪拥抱我，这次，你依然没有认出我是那个曾经爱过你的、被你召唤的姑娘，你只认出，我是那个在两天前的同一个地方和你相遇的十八岁的美丽姑娘。你亲切地看了我一眼，神情里满是惊讶，你的嘴角泛起一丝淡淡的微笑。和上次一样，你又和我擦肩而过，又马上放慢脚步。我开始浑身颤栗，我心里开始欢呼，我开始暗中祈祷，你会走来跟我打招呼。我第一次感觉到，我为你而活跃起来。我也放慢了脚步，不再躲着你。突然我的心里有种感觉，尽管我头也没回，但已经感觉到你就在我的身后，我知道，马上我就要再一次听到你用我喜欢的声音跟我说话了。这种期待的心情，使我四肢酥软，我正担心着，心简直像小鹿似的狂奔猛跳，我不得不停住脚步——这时你走到我旁边来了。你跟我攀谈，一副高高兴兴的模样，就仿佛我们是老朋友似的——唉，你对我一点预料之中的感觉也没有，你对我的生活从来也没有任何预感！你跟我攀谈起来，是那样的落落大方，富有魅力，你甚至感染到了我，我竟也能自若地和你对答。

我们一起走完了整条胡同。然后你就问我，是否愿意与你共用晚餐。我说好吧。我又怎么能拒绝你的邀请呢？

我们去了一家小饭馆吃饭——你还记得这饭馆在哪儿吗？你一定记不得了，这样的晚饭对你来说再平常不过了，你肯定记不得了，因为对你来说，我又算得了什么呢？不过是几百个女人当中的一个，只不过是司空见惯的一系列艳遇中的一桩而已。又有什么事情会使你回忆起我来呢？我话说得很少，因为在你身边，听你说话就已然使我幸福到了极点。我不愿意因为提个问题，说句蠢话而浪费和你

在一起的时间。我非常感谢，你给了我这一小时，我永远
也不会忘记这段宝贵的时间。你的举止使我感到，你完全
受得起我对你怀有的那种热烈的敬意。你是那样的温文尔
雅、大方得体，丝毫不会给人以压迫感，也丝毫没有匆匆
表示温柔缠绵的意味，从一开始你就是那种稳重亲切、一
见如故的神态。我是早就决定把我整个的思想和生命都奉
献给你了，就算从前没有这种想法，但你在那一个小时里
的态度也会赢得我的心。唉，你无法得知，我痴痴地等了
你五年！你没有令我失望，这一点让我不胜欢喜！

　　我们离开饭馆的时候，天色已晚。直到饭馆门口，你
才开口问我是否急于回家，是否还有一点时间。事实上我
早有准备，这我怎么能瞒着你！我于是回答说，我还有时
间。你稍微迟疑了一会儿，紧接着问我，是否愿意到你家
去坐一会，随便谈谈。我觉得这是再明显不过的事，就脱
口而出道："好吧！"随即我便发现，我答应得这么爽快，
却忽略了你的感受，你会感到难过还是感到愉快，反正当
时你对我的回答显然是深感意外的。

　　今天我总算明白了，为什么你会感到意外；现在我才
知道，女人通常会作出一副毫无准备的样子，假装惊吓万
分，或者怒不可遏，即使她们内心已经迫不及待地想要委
身于人，也一定要等到男人再三哀求，说尽甜言蜜语，承

诺一切可以想象的誓言之后，才转嗔为喜，半推半就。我知道，说不定只有以卖笑为生的女人，只有妓女才会毫无保留地欣然接受这样的邀请，要不然就是天真单纯、还没有长大成人的小女孩才会如此。而在我的心里——这些你又怎么猜想得到——这句把心情转换成语言的剖白，是我千百个日日夜夜凝聚起来的相思啊。

当时的情况是这样：你吃了一惊，从神情上看似乎对我很有兴趣。我察觉到，我们一起往前走的时候，你一面和我说话，一面略带诧异地在一旁悄悄地打量我。你在觉察人的种种感情时，感觉总像具有魔法一般，很有把握的样子，你立即感到，有些不同寻常的东西在这个小鸟依人的美丽姑娘身上存在着，似乎有一个秘密。于是你的好奇心瞬间大发，你绕着圈子提出许多试探性的问题，我觉察到，你一心想要探听在我身上察觉到的这个秘密。可是我避开了：我宁可在你面前显得有些傻气，也不愿向你泄露我的秘密。我们一起上了楼，向你的寓所走去。亲爱的，原谅我，要是我对你说，这条走廊，这道楼梯对我意味着什么，我曾感到什么样的陶醉，什么样的迷惘，什么样的疯狂的、痛苦的、几乎是致命的幸福。当然，这些你不会明白。直到现在，我一想起这一切，又如何能不潸然泪下，只是，我的眼泪已经流干了。我感觉到，你房间里的每一件东西都渗透着我的激情，它们都是我童年时代相思的见证。就在这个大门口我曾千百次地等待过你，我总是守候在这座楼梯上偷听你的脚步声，我第一次看见你就是在这儿，透过这个窥视孔我几乎看得灵魂出窍，有一次我曾跪在你门前的小地毯上，当听到钥匙咯嘞一响你的房门打开的声音时，我便从我躲着的地方如受到惊吓一般地跳起。

我的整个童年，我全部的激情都献给了这几米长的空间，我整个的一生都在这里，如今总算一切如愿以偿，我终于和你走在一起，和你一起，在属于你的楼里，在我们的楼里，过去的生活就像一股洪流向我劈头盖脸地冲了下来。你可以想象——我这话听起来或许很俗气，可我找不到更合适的表达——一直到你的房门口之前，一切对我来讲都是世俗的、沉闷的、平凡的世界，但从站在你房门口的这一刻开始，我便如进了儿童的魔法世界，阿拉丁的王国一般。

你想想吧，我曾千百次望眼欲穿地盯着你的房门，如今我竟然真的可以走进去了，你想象不到——充其量也只能模糊地感到，却永远也不能完全知道，我的亲爱的——这飞逝的一分钟从我的生活中究竟带走了什么。

那天晚上，整整一夜我守在你的身边。你一定不知道，在这之前，还从来没有一个男人如此亲近过我，也从来没有一个男人接触过或者看见过我的身体。当然，你又怎么会想到这些呢，因为我对你一点也不抗拒，亲爱的，在你面前我忍住了所有因害羞而产生的迟疑，只是为了不让你猜出我内心的那个秘密，那个我爱你的秘密，这个秘密一定会让你吓一跳的——因为我知道那种轻松愉快、游戏人生、无牵无挂的感觉才是你喜欢的。你深怕干预别人的命运。你愿意在大家身上，在所有的人身上滥用你的感情，可是却不愿意作出任何牺牲。我现在想对你说，跟你在一起时，我还是个处女，我求你，千万别误解我！我不是责怪你！你并没有勾引我、欺骗我、引诱我——是我自己义无反顾地跑到你的跟前，扑到你的怀里，一头栽进我从一开始就注定的命运之中。我永生都不会责怪你，不会的，我只会对你心存感谢，永远永远。因为这一夜对我来说是前所未有的欢愉和幸福！在黑暗里我一睁开眼睛，听着你的呼吸，我知道你就在我的身边，让我感到奇怪的是，我的头上怎么没有群星闪烁，因为我明明觉得自己已经到了天堂。不，我的亲爱的，我从来也没有后悔过，没有因为这一时刻而后悔过。我依旧记得，你睡得很沉，我听得见你的呼吸，摸得到你的身体，切实地感觉着自己离你如此之近，近到肌肤相触，幸福的泪水涌出了我的眼眶。

　　第二天一早我着急要走。我还要去店里上班，再者，我想在你仆人进来以前就离开，我不愿让他看见我。我穿戴完毕站在你的面前，你轻轻把我揽在怀里，久久地凝视着我。难道是有一些模糊而遥远的回忆翻滚在你的心头，或者说是我当时容光焕发、美丽动人让你有所思？然后你就在我的唇上留下了一个轻吻。我轻轻地挣脱身子，我真的要走了。这时你问我："你不想带几朵花走吗？"我说好吧。你就从书桌上的那只蓝色的水晶花瓶里（呵，小时候有一次我曾偷偷地看了一眼你的房间，从此就认得这个花瓶了）取出四朵白玫瑰递给我。你不会知道，后来一连几天我都在这些花上留下了我甜蜜的亲吻。

在这之前，我们约好了要在某个晚上见面。我去了，那天晚上又是那么惊喜，那么甜蜜。我们一起度过了三个晚上。然后你就对我说，你要动身出门去了——啊，从童年时代起我就对你出门旅行痛恨得要死——你承诺我，一回来就会通知我。我给了你一个留局待取的地址——我不愿告诉你我的姓名。我要把我的秘密锁在我的心底。然后你又给了我几朵玫瑰作为临别纪念——是的，临别纪念。

两个月的时间里，我每天都去问……不必说了，何必跟你倾诉这种由于期待、绝望而引起的折磨呢，这如同地狱般的折磨。我不责怪你，真的，我爱你这个人就爱你这个样子，感情热烈而生性健忘，一往情深又爱不专一。我就是爱你这样的人，只因你是这样的人，你过去是这样，到现在依然还是这样。我站在楼下看你灯火通明的窗口，我知道你早已出门回家了，但是你没有写信给我。直到现在，在我人生最后的时刻，我也没有收到过你的只言片语，我把我的一生都给了你，却连你的一封信都没收到。我等啊，等啊，如同一个绝望的女人傻傻地等啊。可是你没有来叫我，连一封信也没有写给我，一个字都没有……

我的儿子昨天死了——亲爱的，这也是你的儿子，是那三夜缠绵销魂缱绻柔情的结晶，我向你发誓，人在将死的时候是不会撒谎的。他是我们的孩子，我向你发誓，因为自从那一夜之后，一直到孩子出生，除了你没有一个男人碰过我的身体。就算被你接触之后，我也认为我的身体是神圣的，我怎么能把我的身体同时给你和别的男人呢？你是我的生命，而别的男人只不过是我的生命中偶尔停留的过客。他是我们俩的孩子，亲爱的，是我心甘情愿的爱情和你不受拘束、任意挥霍的、几乎是无意识的激情过后的结晶，他是我们俩的孩子，我们的儿子，我们唯一的孩子。

你可能要问了——也许大吃一惊，也许仅仅是有些诧异——亲爱的，这么多年来，漫长的岁月中我为什么一直没有把这孩子的事情告诉你，为什么直到今天才说给你听呢？此刻他冰冷的身体躺在床上，在黑暗中沉睡，并打算永远沉睡下去，再也不回来，永不回来！可是你让我如何告诉你呢？像我这样一个女人，心甘情愿地和你过了三夜，没有丝毫反抗，甚至是满心渴盼地扑向你的怀抱。像我这样默默无闻地被你匆匆邂逅的女人，你是永远、永远也不会相信，她会对你，对你这么一个对爱情不忠实的男人是矢志不渝的，你也不会就那样坦荡毫不怀疑地相信这孩子是你的骨肉，永远都不会！即使我的话让你觉得这件事情是真实可靠的，但你的心里那种最深层次的怀疑也仍会存在：知道你很富有，便企图把一笔风流账转嫁在你的身上，硬说这个孩子是你的儿子。你会怀疑我，在你我之间会存在一片挥之不去的阴影，即使这只是一片淡淡的阴影。我不愿意事情发展成这样。再说，我了解你，我对你十分了解，了解到你自己都不曾了解到的地步。我很清楚一个人在恋爱之中只喜欢轻松愉快、毫无束缚，突然一下子当上了父亲，突然之间就要对另一个人的一生负起责任，你一定觉得不是滋味。如你这般只有在无拘无束自由自在的情况下才能呼吸生活的人，一定会觉得和我有了某种牵连。我怕你会因为这种牵连而恨我——我知道，你一定会恨我的，会违背你自己清醒的意识而恨我。也许只有几个小时，也许是短短的几分钟，但你一定会觉得我讨厌，觉得我可恨——而我也是有自尊心的，我要你这一生但凡想到我的时候，心里是没有忧愁的。

所以，我宁愿独自承担一切后果，也不愿变成你的一个累赘。我希望当你想起我的时候，心里是怀着爱情，怀着感激的——在这点上，我希望在你结交的所有的女人当中，我是独一无二的一个。当然，事实上是你从来也没有想起过我，更甚至，你已经把我忘得一干二净了。

我不是责怪你，我的亲爱的，我不责怪你。如果我的笔端偶尔会流露出一丝责怨，那么也请你原谅我吧——我的孩子，我们的孩子死了，就那么冰冷地躺在摇曳不定的烛光下。我冲着上帝，紧握着我的拳头，我大呼着上帝是凶手，是的，我的心情悲伤，我的感觉混乱。所以，请原谅我的怨愤吧，原谅我吧！我心里也知晓，你是一个心地善良的人，而且打心眼里乐于助人。你对每一个人都愿意伸出友爱之手，哪怕是素不相识的人来求你，你也会给予帮助。可是你的善良和怜悯竟是如此奇特，它就那么无遮无拦地公开亮在每个人的面前，它那么广大无边，几乎人人可取，要取多少便取多少，可是，请原谅，它终究还是不够爽快的。你的这份善良和好意需要别人的提醒，需要别人自己去拿。因为你只有在别人向你求助、向你请求的时候，你才愿意拿出你的好心去帮助别人。其实，你的这份帮助是出于不好意思拒绝，是出于软弱，而不是你心甘情愿要去做的。好吧，让我坦率地告诉你，在你眼里，在苦难中艰难生存的人们，不见得比你快乐幸福中的兄弟更加可爱。如你这般的人，即使是其中最善良的人，向那些苦难的人施以帮助也是很艰难的。当我还是个孩子的时候，有一次，我通过窥视孔看见有个乞丐按响你的门铃，你开了门并给了他一些钱。事实上是他还没开口，你就把钱给了他，不过你给他钱的时候，脸上明显有一种害怕的神情，你的速度很快，而且相当匆忙，那种感觉就好像巴不得他马上就走，我仿佛觉察到你怕正视他的眼睛。总之，你帮助别人时所表现出来的那种惶惶不安、羞怯腼腆、怕人感谢的样子，我永远也忘不了。因此，我也从未想过去找你。不错，我知道，如果当时我去了你肯定会帮助我的，就算你不能确定，这是你的孩子，你也会帮助我的。你会安慰我，给我钱，给我一大笔钱，可是你一定会带着那种焦躁不耐的情绪，并且想尽快把这桩麻烦事从身边推开。是啊，我相信，你甚至会劝我尽快去打掉这个孩子，而我最害怕的也莫过于此了——因为只要你说出来，我还有什么事情是不能去做的呢！我怎么可能拒绝来自你的任何请求呢！可是，这孩子是我的命根子啊，因为他是你的骨肉，他是你，又不再是你。你这个幸福的、无所忧虑的人，我从来也不能把你留住，我想，现在你是永永远远地交给我了，禁锢在我身体里，渗透在我的血液里，和我的生命连在一起。这次我终于紧紧地把你抓住了，我能感觉到你在我的血管里生长，你的生命在生长，只要我那颗爱你的心有这样的渴望，我便可以哺育你、喂养你、抚摸你、亲吻你。

你瞧，亲爱的，正因为如此，在我知道自己怀了你的孩子后，我便感到了一种前所未有的幸福，也正因为如此，我才把这个事实藏在了心里：从此，你再也不会从我身边溜走了吧。

当然，亲爱的，这样的日子和我脑子里预先感觉的究竟还是不一样的，这些日子并不都是些幸福的时光，也有几个月充满了惶恐和苦难，充满了对卑劣人性的憎恨和厌恶。我的日子很不好过。快要生产之前的几个月，我都无法再到店里去上班，我怕会引起亲戚们的注意，更怕他们把这事告诉母亲。我怎么能向我母亲要钱！所以我只好靠变卖自己仅有的那点首饰来维持生活，至少要维持我直到临产时那段时间的生活。悲哀的是，就在临产前一个礼拜时，我放在柜子里的最后几枚金币被一个洗衣妇偷走了。别无选择之下，我只好到一个产科医院去生孩子，要知道，只有一贫如洗、遭人遗弃的女人迫不得已之下才会到那儿去，就在这些穷困潦倒的生活在社会最底层的人当中，这个孩子、你的孩子呱呱坠地了。

在那个简陋的产科医院，人真的很难活下去。陌生、陌生，一切都是那么陌生，躺在那儿的人，互不相识，孤独苦寂着又互相仇视着。是啊，谁不是被穷困、被同样的苦难驱赶到这间病房里来的呢。这里抑郁沉闷，充满了哥罗芳和血腥的气味，时时都有惨痛的喊叫和呻吟。

　　一个穷人不得不遭受的精神上和肉体上的耻辱，我在那儿都遭遇到了。我不得不忍受着和娼妓之类的病人朝夕相处的痛苦，容忍着她们欺侮命运相同的病友的卑鄙行径；我不得不忍受着年轻医生无耻的态度，他们脸上挂着讥讽的微笑，掀开盖在那些没有抵抗能力的女人身上的被单，用一种虚假卑劣的医生嘴脸在她们身上摸来摸去；我还不得不忍受着女管理员的贪得无厌——啊，在那里，一个人的羞耻心被这些人的目光死死地钉在十字架上，并且受尽了恶毒言语的鞭笞。只有写着病人姓名的那块牌子还能证明这是一个活生生的人，因为在这些可恶的人的眼里，床上躺着的只不过是一块抽搐颤动的肉，他们好奇地东摸西摸，把那当作一个观看和研究的对象而已——啊，那些有舒适温暖的家庭，并温柔地期待着为丈夫生孩子的女人永远都不会知道，那种孤立无助，没有一丁点自卫能力，如同躺在一张实验桌上生孩子的境遇究竟是怎样一回事！

　　直到今天，如果我在哪本书里念到地狱这个词，依然会不由自主地想到那间挤得满满的，血腥弥漫的，充满了呻吟声、讥笑声和惨叫声的病房。是的，在那里我吃足了苦头，对我而言，那里简直就是一座让怀有羞耻心的人备受凌迟之苦的屠宰场。

请原谅，原谅我对你说出这些事情。不过，这也是我最后一次谈论这些了，以后，我永远都不会再提起，再也不说。对此，我已经沉默了整整十一年，不久之后，我就要永远地对你保持沉默了，直到地老天荒。总得有这么一次机会吧，让我嚷一嚷，让我尽情地发泄一番。为了这个孩子，我付出了一生中最昂贵的代价，这个孩子就是我全部的幸福。可如今，他躺在那里一动不动，他已经停止了呼吸。之前那么多痛苦的日子，我只要看见孩子的微笑，听见他的声音，我便陶醉在幸福之中，那些苦难便被这幸福融化得一干二净。可如今呢，我的孩子死了，那些经历的痛苦又回来了，它们历历在目。这一次，就是这一次，我不得不从我心灵的深处把它们叫喊出来。可是亲爱的，我并不怨你，我只怨上帝，是上帝这样无谓地蹂躏我的痛苦。我真的不怪你，我向你发誓，我从来也没有生过你的气、发过你的火。即便当我因为阵痛扭作一团的时刻，即便是痛苦几欲撕裂我灵魂的时刻，我也没有在上帝的面前谴责过你。对于那几夜发生的事情，我从来没有后悔过，也从来没有怀疑、诅咒过我对你的那份爱情。我一直回味着你我相遇的那个时刻，是的，我始终都是那么深沉地爱着你。如果为此再让我去一次这样的地狱，如果事先让我知道，我将受到什么样的折磨，我也在所不惜，我的亲爱的，我愿意再受一次，哪怕千百次！

昨天，我的孩子死了——你从来没有见过他，也没有从他身边走过时看一眼这个俊美的小人儿——你的孩子，是的，你连和他这样匆匆相遇的机会也没有。

有了这个孩子之后，我就隐居起来，长时间以来都不再和你见面。我对你的想念已经没有原来那样痛苦了，更甚至，我觉得我对你的爱也没有原来那样狂热了，自从上天把这个孩子赐给我以后，我为爱情所受的痛苦已经没有原来那样厉害了。我不愿把自己一分为二，一半给你，一半给我的孩子，所以我放下了你全心全意照看孩子，不再把心思放在你这个无拘束的人身上。没有我你照样活得很自在，可是孩子不一样，他需要我，我得抚养他，我可以吻他，可以把他搂在怀里，可以随时随地倾尽我所有的爱。我似乎已经摆脱了对你的朝思暮想，也摆脱了我的厄运。怎么说呢，我似乎由于你的另一个你，又或许是我的另一个你而得救了——只有在非常难得的情况下，我才会产生低三下四地到你的住所去看你一眼的念头。此外，我只做一件事：每年你的生日时，我总要给你送去一束白玫瑰。还记得我们第一夜恩爱之后你送给我的那些花吗，就和它们一模一样。

在这十年、在这漫长的十一年中，你有没有问过，是谁送来的花，哪怕一次？也许你曾想到你从前赠过这种玫瑰花的那个女人？我不知道，也不会知道你会做出怎样的回答。我只是这样默不作声地把花送给你，一年一次，企图唤醒你对那一刻的回忆——这样对我来说，已是我最大的心愿。

那个可怜的孩子，你从来没有见过他，没有见过我们的孩子——今天我埋怨我自己，我应该让你们见上一面的，因为你要是见了他，你一定会爱他的。你从来没有见过那个可怜的男孩，没有看过他的微笑，没有看到他轻轻地抬起眼睑，用他那轻灵的黑眼睛——你的眼睛——向我、向这个世界投出一道明亮而欢快的光芒。啊，他是多么开朗、多么可爱的孩子啊！你轻佻的性格在他身上天真地重演了，你迅速而又活跃的想象力也在他身上得到再现：他着迷地玩着玩具，可以一连几小时都不厌烦，一如你游戏人间一样，随后他会扬起眉毛，一本正经地坐在那里看书。

是的，他越来越像你，在他身上，你特有的两重性格也已经开始明显地发展起来，时而严肃认真时而游戏人生。他越像你，我就越爱他。他学习尤其好，说起法文来，滔滔不绝如同一只小喜鹊，他的作业本永远是全班最整洁的，他长得那么漂亮，黑丝绒的衣服或者白色的水兵服穿在他身上是那么英俊。无论走到哪儿，他总是最时髦的。当我带着他在格拉多的海滩上散步时，女人们会停下脚步，爱怜地摸一摸他金色的长发,他在色默林滑雪橇玩时,人们总忍不住扭过头来欣赏他。他是这样的漂亮,这样的娇嫩,这样的可人儿。去年,他进了德莱瑟中学的寄宿学校,穿上制服,佩戴短剑,看上去简直就是十八世纪宫廷的侍童!可现在呢,他身上除了一件小衬衫一无所有,我可怜的孩子,他躺在那儿,嘴唇苍白,双手毫无知觉地合在一起。

也许你要问我了,我是怎样让孩子在富裕的环境里受到教育的呢,又怎么可能让他过上上流社会那种光明、快乐的生活的呢。我最心爱的人,我是在黑暗中跟你说话,所以我没有羞耻感,现在我要把这件事告诉你,但请你不要害怕,亲爱的,我卖身了。我倒没有变成人们称之为站街女的那种人,是的,我没有变成妓女,但是我卖身了。我有几位有钱的男朋友,阔气的情人。最开始是我主动去找他们,后来他们就来找我,因为我——我不知道你有没有注意到——我长得很美。每一个和我相处的男子都喜欢我,他们对我都心存感激,他们依恋我、爱着我,只有你,只有你不曾对我这样,我的亲爱的!

当你得知,我卖身了,你会因此看不起我吗?不会的,我知道,你不会看不起我。我知道,这一切你全都明白,你也会了解,我这样做只是为了你,为了你的另一个存在,为了你的孩子。在那所产科医院的病房里所接触到的贫穷让我感到可怕，我开始明白，在这个世界上，穷人总是遭人践踏、受人凌辱的，他们总是被当作牺牲品。可我不愿意、我绝不愿意让你的孩子、你那个聪明的美好的孩子一出生就注定了要在这深不见底的底层，在这陋巷的垃圾堆中，在腐烂、卑微的环境中，在那么一间简陋的屋子里吸着肮脏的空气中长大成人。我不能让他那柔软的嘴唇去说那些粗俗的语言，不能让穷苦人家破烂不堪的衣衫穿在他那白净的身体上——他应该拥有一切，他应该享有世间的一切财富，一切轻松愉快的生活，他应该和你一样，有着上层社会人士该有的生活和荣耀，他应该进入你的生活圈子。因为，他是你的孩子。

因此，我的爱人，我卖身了，只是因为这个缘故。不过，这对我来说也不算什么牺牲，因为那些在别人眼里很看重的名誉和耻辱的东西，对我来说毫无意义，它们纯粹是一些空洞的概念：我的身体只属于你一个人，既然你不爱我，那么这副躯体对我而言也就无所谓了。对于男人们的爱抚，甚至于他们最深沉的激情，我全都无动于衷。尽管他们当中有些人使我不得不深表敬意，但对于他们想要的爱情我却不能给予一二，这一点我很同情他们，同时也令我回忆起我自己的命运，因此我也时常深受感动。我所接触的这些男人，对我都很体贴，他们都很宠爱我、顺从我，并尊重我。

在这里，我不得不提到那位帝国伯爵，一个略显老态的鳏夫。为了让这个没有父亲的孩子、你的儿子能上德莱瑟中学学习，他到处奔走，用尽一切关系——他像疼爱自己的女儿那样疼爱我。他向我求婚，求了三四次——如果我答应了，今天应该是一位伯爵夫人了吧。我会成为提罗尔地方一座富丽堂皇的宅邸的女主人，我可以过上无所忧虑的生活，我的孩子也将会有一个温柔可亲的父亲疼爱他，把他当成掌上明珠，而我呢，身边也将会有一个性情温和、地位尊贵、心地善良的丈夫。不过，尽管他如何一而再、再而三地恳求我，我始终没有答应，我深知我的拒绝是何等伤他的心。现在想来，我拒绝他的行为也许是愚蠢的，不然此时此刻我应该在那个地方安静地生活，并且受到很好的爱护，而我那惹人怜爱的孩子也会好好地和我在一起。可是——我为什么不向你承认这一点呢——我不愿意自己有丝毫的羁绊，我要随时为你保持自由。在我内心深处，在我的潜意识里，我那个昔日孩子的梦还没有破灭：或许你还会出现在我的生命里，再一次把我呼唤到你的身边，哪怕只有一个小时也好。为了这个也许，为了这个我幻想中的一小时的相会，我拒绝了所有的人的求婚，只为当某一天听到你呼唤我的时候，我可以在第一时间应召而去。

从我童年见到你的那一刻开始，我整个的一生就陷入了对你的等待中，等待着你的回应！

　　当这个时刻真正到来时，亲爱的，你却并不知道，你并没有感到！就是在这个时刻，你也没有认出我来——你永远、永远、永远也没有将我认出来！而在这之前，我已遇见过你多次，在剧院里、在音乐会上、在普拉特尔、在马路上——每次的相遇都让我的心不禁一颤，可是你的眼光从未在我的身上停留：从外貌来看，我的模样已经完全变了，我从一个羞涩的小姑娘，变成了一个成熟的女人。就像他们所说的，妩媚娇柔、明艳动人，被一群爱慕者簇拥包围着。你又如何能想象得到，那个曾在你卧室的昏暗灯光照耀下的羞怯少女就是我呢？偶尔，和我一起的先生们当中有一个见了你会向你问好。你在回应他们的问候时，也会抬眼看向我，可是你望向我的目光是客气而陌生的，那里面虽然有赞赏的神情，可却从未流露出你认出我来的意思，陌生，多么可怕的陌生啊。你总是认不出我是谁，对此我几乎习以为常，可为什么我仍旧还记得，那一次，你对我流露出的陌生感曾使我痛苦不堪：我和一个朋友在歌剧院的一个包厢里坐着，隔壁的包厢里坐着你。演奏序曲时所有的灯光熄灭了，我看不见你的脸，只感到你的呼吸就在我的身边，一如那天夜里一样的亲近亲密，你把手支在我们这个包厢一侧铺着天鹅绒的栏杆上，那是你秀气的、纤细的手。那一刻我不由自主地产生一阵阵强烈的欲望，我多么想俯下身去卑微地亲吻一下这只陌生的、又让我如此心爱的手，从前这只手曾经温柔地拥抱过我啊。耳边有靡靡之音撩拨着人的心弦，使我的那种欲望变得越来越强烈，我不得不用尽力气挣扎，拼命挺起身子，我怕那股无形的、强大的力量会迫使我去亲吻你的手。第一幕戏结束后，我请求我的朋友带我离开剧院。

你不会了解，在黑暗里你对我那样陌生，可是又离我如此之近，对我而言是怎样的一种煎熬。

但是这样的时刻还是来了，它又一次造访了我，在我这白白流逝的一生中这是最后一次。那应该正好是在一年前吧，对，是在你生日的第二天。真奇怪，我每时每刻都想念着你，因为你的生日对我而言是一个最值得庆祝的节日。一大清早我就出门去买了一些新鲜的白玫瑰花，像往年一样，托人送去你的住处，以此来纪念你已经忘却的那个时刻。下午我和孩子一起乘车出去，我先带他到戴默尔点心铺去，晚上又带他去了剧院。我这么做的原因只是希望孩子从小就能意识到，这个日子是个神秘的纪念日，虽然他并不知道它的真实意义。第二天我就去找我当时的情人了，他是布律恩地方一个年轻富有的工厂主，我们已经同居了两年。他很娇宠我，对我很是体贴，和别人一样，他也有和我结婚的想法，尽管他送了许多礼物给我和孩子，而且他本人也很亲切可爱，而我呢，也像对待其他人一样，没有任何缘由地拒绝了他的请求。说实在的，他这人心肠很好，虽说有些时候比较呆板，对我也有些低三下四。

　　那天我们一起去听音乐会，然后遇到了一些寻欢作乐的朋友，便约了一起在环城路的一家饭馆里吃晚饭。席间闲聊之中，我建议大家说等下再去一家舞厅玩。对于这种灯红酒绿的舞厅，我向来极为厌恶，平时如果有人建议去这种地方玩，我一定反对，可是这一次，我简直是被一种难以捉摸的魔力驱使着使我在不知不觉中突然提出这样的一个建议。在座的人十分兴奋，马上叫嚣着表示赞同——可是这一次我的心里突然升起一种难以解释的强烈愿望，仿佛那个地方有什么特别的东西在等着我似的。在座的所有人都习惯了对我百依百顺，于是他们迅速地站起身来。我们去了舞厅，一起喝着香槟酒，我心里不由得产生一种从来不曾有过的近乎疯狂的痛苦的高兴劲儿，这是突然才有的感觉。我喝了一杯又一杯，跟着他们一起大声唱着撩人心怀的歌曲，心里有一种欲望简直按捺不住，我想跳舞、想欢呼。可是突然——仿佛一种冰凉的或者火烫的东西猛的一下子落在我的心上——我挺起身子：在我们的邻桌坐的正是你和你的几个朋友，然后我看到了你用赞赏的、爱慕的目光望着我，就是那种曾无数次撩拨得我心摇神荡的目光。十年来这还是第一次，你又开始了，用你那种完全不自觉的带有强烈柔情的目光盯着我看。我颤抖起来，手里的杯子几乎失手跌落。幸好同桌的人没有注意到我的心慌意乱：它在哄笑和音乐的喧闹声中消失了。

　　你的目光变得越来越炽烈，我不禁坐立不安，浑身发烫。我已经无法辨别，是你终于认出我来了呢，还是把我当作新欢，当作另外一个对你抱有好感的陌生女人来追求？血液一下子涌上我的双颊，和同桌的人们互聊的我也开始有些心不在焉。想必你也已经注意到，我被你的目光搞得多么心神不宁。为了不让别人觉察，你微微地向我倾斜了一下脑袋，示意我先到前厅去一会儿。接着你故意做出明显的动作去付账，大声跟你的伙伴们告别，然后你走了出去，并用你那眼神再一次向我暗示，你在外面等我。我浑身开始颤抖，一会儿发冷，一会儿又发热，我已经没有办法去回答别人提出的问题，也没有办法去平复我周身沸腾奔流的热血。好在这个时刻有一对黑人舞蹈家跳起一种古里古怪的新式舞蹈来，他们把脚后跟踩得劈啪乱响，嘴里大声尖叫个不停：大家把注意力都放在了他们身上，我便顺理成章地利用了这一瞬间。我站了起来，对我的男朋友说，我出去一下马上回来，然后我便尾随你走了出去。

　　外面前厅里有一间衣帽间，你就在它的旁边等着我。见我出来，你的眼睛突然间就发亮了。你微笑着快步迎了上来；第一时间我便看出，你没有认出我来，没有认出当年的那个小姑娘，也没有认出后来的那个美丽少女，你又

一次把我当作一个刚刚邂逅的女人，当作一个素不相识的
女人来追求。

"您能不能也给我一小时时间呢?"你用了一种十分亲
切的语气问我——从你笃定的神情中我感觉到，此刻的我
在你眼里已经是一个在夜间卖笑的女人了。"好吧。"我说
道。十多年前，在那条幽暗的马路上，那个美丽的少女也
是用同样一个声音抖颤、可是心甘情愿地表示赞同的"好
吧"来回答你的。你问我："那我们什么时候可以见面
呢?""什么时间都行。"我如此回答——从一开始我在你
面前就是没有羞耻感的。你凝视着我，表情稍微有些惊讶，
惊讶之中有些怀疑和好奇的成分，一如从前你见我很快接
受你的请求时作出的反应。"现在可以吗?"你问我，语气
有些迟疑。"可以，"我说，"咱们走吧。"说完我便打算到
衣帽间去取我的大衣。

这时候我突然想起，我的大衣是和我男朋友一起存放
的，衣帽票在他手里。如果我回去向他要票，必然要唠唠
叨叨地向他解释一番，另一方面，能和你在一起，是我多
年来梦寐以求的，要我放弃这个机会，我当然不能愿意。
所以我一秒钟也没有迟疑：我只披了一条围巾在晚礼服上，
然后就走进了夜雾弥漫、潮湿阴冷的黑夜，撇开我的大衣
不顾，撇开那个温柔多情的好心人不顾——要知道这些年

来一直是他养活我的。而我对他做了什么，当着他朋友的面，让他脸面尽失，使他变成一个可笑的傻瓜：供养了几年的情妇被一个陌生的男人招之即去，最后还跟着他跑了。啊，在我内心深处，我非常清楚，对那样一个诚实的朋友做出这样的行径是多么卑鄙恶劣、多么忘恩负义、多么无耻。我深刻地意识到，这样的行为多么不可理喻，由于我的疯狂，致使一个善良的人永远地蒙受上致命的创伤。我感觉到，我已把自己先前安稳的生活彻底毁掉了——可是能怎么办呢，我是那么迫切地想再一次亲吻一下你的嘴唇，想再一次听到你的甜言蜜语，和这些相比，友谊对我又算得了什么，我的存在又算得了什么呢？我就是这样爱你的啊，从一开始就是如此。如今一切都已消逝，一切都已过去，我终于可以把这些话告诉你了。我相信只要让我听到你的呼唤，我就是已经躺在尸床上，也会突然生出一股强大的力量，让我站起身来，心甘情愿地跟着你走。

一辆轿车停在舞厅的门口，我们驱车来到你的寓所。我又听到了你的声音，我又感觉到了你那令我魂牵梦绕的温存，然后，我又和从前一样如醉如痴，又和从前一样陷入梦幻般的幸福。这是相隔十多年以后，我再一次登上你的楼梯，我的心情——不说了，不说了，我该怎样向你描述，在那几秒钟里我的内心简直是两种极端的感觉。这里面，既有逝去的岁月，也有眼前的时光，而在一切的一切之中，我能切实体会到的感觉只来源于你。

你的房间几乎没有什么变化，多了几张画，多了几本书，一些角落里多了几件新的家具，不过这一切在我看来还是那么地亲切。书桌上依然摆着那只花瓶，里面插着玫瑰花——我的玫瑰花，那是前一天也就是你生日的那天我派人给你送来的，以此纪念一个被你遗忘的女人，即使此时此刻，那个女人就在你的眼前，和你手握着手，嘴唇紧贴着嘴唇，你也没有认出她来。可我还是很高兴你供养着这些鲜花，毕竟这里面还有一点属于我的气息、那一缕来自我的爱情的呼吸包围着你。

你把我搂在你的怀里，我又在你那里度过了一个难忘的缠绵之夜。可是即使我脱去华丽的衣装裸露出身体，你还是没有认出我是谁。我幸福地接受来自你的温存和爱抚，这爱抚于你是熟练的。我发现，无论是对一位情人还是一个妓女，你的激情都是一样的，没有任何区别。你毫不节制地放纵你的情欲，不假思索地挥霍你的感情。你对我，一个从夜总会里带来的女人是这样的温柔、这样的真诚、这样的亲切而又充满尊重，在享受情欲方面又是那样的激情高涨。我陶醉于过去那属于我的幸福之中，再次深刻地感觉到你本质的那种独特的两重性，你既有肉欲的激情，又有智慧的精神层面的激情，就是这样的鲜明对比使我这个少女在当年成了你的奴隶。我从来没有看见过任何一个男人在温存抚爱之际，还可以这样贪图享受片刻的欢愉。你在放纵自己感情的同时，又把内心深处的意识披露无遗——而事后竟然任凭这一切烟消云散，全部归于遗忘，而且遗忘得那么彻底。可我自己也忘乎所以了：在黑暗中躺在你身边的我究竟是谁啊？是从前那个对你那么渴望的小姑娘吗，是你孩子的母亲，还是一个偶然邂逅的陌生女人？啊，在这激情燃烧的夜晚，一切是如此的亲切而熟悉，可一切又是如此非比寻常的新鲜。我不禁向上帝祷告，让这一夜永远延续下去吧。

可是，黎明还是来临了，我们很晚才起床，和那天一样，你邀请我和你一起共进早餐。有一个我没有见过的佣人很谨慎地在餐室里摆好了早餐，我们坐下来一起喝茶、聊天。你和我说话的态度像那天一样坦率诚挚而不失亲昵，你没有问我任何不得体的问题，也没有对我这个人表示任何好奇心。你不问我叫什么名字，也不问我住在哪里：我明白，对你来说，这只是一次艳遇而已，一个无名的女人，一段激情的时光，最后都会消失在你遗忘的烟雾中，直至无影无踪。你告诉我，你即将出远门到北非去，大概需要两三个月的时间。

看，你又要出门了！还沉浸在幸福之中的我又开始颤栗起来，因为在我的耳边有这样的声音轰隆隆地响起来：
完了，完了，你又要把我忘了！当时，我恨不得扑倒在你
的脚下，向你乞求："带我去吧，这样你终将会认出我来，
过了这么多年，你一定会认出我是谁！"可是我在你的面前
还是如此羞怯、胆小、卑微、性格懦弱。我只能轻轻说一
句："多遗憾呢！"你听了微笑着望着我说："你真的觉得
遗憾吗？"

突然，一只带着突发的野劲儿的手抓住了我。我站起
来，目不转睛地盯着你看，长时间没有移开。然后我对你
说："我爱的那个男人也总喜欢出远门到外地去。"我凝视
着你，直视你漂亮眼睛里的瞳仁。"现在，现在他要认出我
来了！"我抱着这样一种幻想，身上的每一根神经都颤抖起
来。可是我失望了，你只是冲着我微微笑着，然后安慰我
说："他会回来的。""是的。"我回答道，"他会回来的，
可是回来后他就什么都忘了。"

我知道我说这话的腔调里一定有一种极为激烈的东西
存在。因为你也站起来，用一种极为震惊的眼神注视着我，
当然，你的态度依然非常亲切。你抓住我的双肩，说道：
"美好的东西是无法让人遗忘的，相信我，我是不会忘记你
的。"你说着，你的目光就那么一直射进我的心灵深处，仿
佛想把我的模样牢牢记住似的。我几乎能感到你的目光直

直地射穿我的身体，你在里面探索、感觉、吮吸着我整个的生命，这时我开始相信，盲人终能重见光明的。"他要认出我来了，他要认出我来了！"这个念头从我意识中生发出来时，我的整个灵魂都颤抖了起来。可是你还是没有认出我来。没有，你没有认出我是谁，我对你来说，从来也没有像这一瞬间那样陌生，否则，你绝不会做出几分钟之后的那些事情。你开始吻我，又一次狂热地吻我。你把我的头发给弄乱了，我只好梳理一下，站在镜子前面的我，正好从镜子里看到——我简直又羞又惊，几乎要跌倒在地——我清清楚楚地看到你非常谨慎地把几张大钞票塞进我的暖手筒。在这样难堪的瞬间我怎么会没有叫骂出声来，怎么没有给你一个嘴巴呢——在我还是个孩子的时候我就爱上了你，如今又是你儿子的母亲，可你却为了这一夜激情而付钱给我！被你遗忘还不够，我还得忍受你这样的侮辱。

我要走，赶快离开这里，我急忙收拾我的东西。你不会了解，那一刻我的心里有多么的痛苦。我抓起我的帽子，帽子就在那张书桌上放着，靠近那只插着白玫瑰、我的玫瑰的花瓶。我像是不撞南墙不死心一般，心里又产生一个强烈的愿望，不可抗拒的愿望——我想再尝试一次来提醒你："你愿意给我一朵你的白玫瑰吗？""当然愿意。"你说着马上取了一朵递给我。"这样好吗，这些花也许是一个女人、一个很爱你的女人送给你的呢?"我说道。"也许是吧。"你说,"不过我不知道,是别人送给我的,我不知道送的人是谁,所以我才这么喜欢它们吧。"我盯着你看,继续说:"也许是一个被你遗忘的女人送的!"你脸上立刻露出一副惊愕的神情。我目不转睛地注视着你,用目光向你祈祷:"认出我来,认出我来吧!"可是你的眼睛还是那样无辜地微笑着,亲切却一无所知。你又吻了我一下。最终,你也没有认出我来。

我低下头快步向门口走去,因为我的眼泪已经在眼眶里打转儿了,可是我不能让你看见我落泪。

我出去时走得太急了,走进前屋时我几乎和你的仆人约翰撞个满怀。他像是躲避什么似的赶快跳到一边,一把拉开通向走廊的门,做出请我出去的手势。就在这一秒钟,你听见了吗?就在我面向他、噙着眼泪望着这位面容苍老的老人的一刹那,他的眼睛突然一亮。就在这一秒钟,你听见了吗?就在这一瞬间这位老人认出了我,可他从我搬离这里后就再没有见过我呢。因为他还能记起我,我恨不得立刻跪倒在他的面前,亲吻他的双手。但我没有,我只是把你用来羞辱我的钞票匆忙地从暖手筒里掏出来,塞进他的手里。他颤抖着,用一双惊慌失措的眼睛望向我——他在这一秒钟里对我的了解比你一辈子对我的了解还多。

所有的人都顺从我、宠爱我，他们每个人对我都那么好
——只有你，只有你把我忘得干干净净，只有你，只有你
一次也没有认出我！

　　我的孩子昨天死了，我们的孩子。如今在这世界上，
我再也没有别的人可以爱了，除了你。可是你是我的什么
人呢？你从来都不知道我的存在，你从我身边走过，犹如
从一条河边走过，你碰到我的身体犹如碰到一块石头一般，
你总是走啊，走啊，头也不回地向前走啊，却叫我永远等
着。我一度以为把你抓住了，在我们的孩子身上抓住了你，
抓住你这个飘忽不定的人儿。可是有其父必有其子：他和
你一样残忍，一夜之间就撇开我独自走了，一去永不复回。
我又成了孤零零的一个人，比过去任何时候都更加地孤苦
无依，我一无所有，你身上的东西我一无所有——再也没
有孩子了，没有一句话，没有一行字，没有一丝回忆，要
是有人在你面前提到我的名字，你也会像陌生人似的充耳
不闻。既然我对你来说生死并无区别，那么我又何必如此
痛苦地活着，既然你已离我而去，我为何不远远走开？

　　不，亲爱的，我丝毫没有埋怨你的意思，我只是不想
把我的悲苦搅进你欢愉的生活。你也不必担心我会继续纠
缠你——此时此刻，我的孩子死了，躺在那里，没人理睬，
你总得让我倾吐一番我心里积压的那些悲惨的情绪，请你

谅解我。就这一次允许我和你说说，然后我再默默地回到我的黑暗中去，就像这些年来我一直默默地守在你的周围一样。可是只要我还活着，这些话你永远都不可能听到——只有等我死去，你才会收到我的这份最后的告白，收到一个女人向你诉说爱意的遗嘱。她爱你胜过所有的人，而你却从来没能认出她来，她始终在你的周围等着你，而你却从来不曾去唤过她一次。当然，说不定你在看到这封信以后会来叫我，但我再也不会听见你的呼唤，这将是我第一次对你不忠。我已经死了，我没有给你留下一张照片，没有给你留下一个印记，就像你也什么都没留给我一样。以后的日子你将永远也认不出我，永远也认不出我。我活着的时候命运如此，我死后这命运也不会再有改变了。我从未想过让你在我最后的时刻来看我，我就这样走了，你不知道我的姓名，也不知道我是怎样的模样。我死得很轻松，因为你在远处并未见证我的死亡，如果我的死会令你痛苦，那我又怎么能瞑目呢。

我已经写不下去了……我头晕得厉害……我的四肢疼痛难忍，我正在发烧……我想我得马上躺下才行。也许用不了多久这劲头就会过去，也许命运会怜惜我一次，这样我就不用亲眼看着他们如何把孩子抬走了……我实在没有力气写下去了。别了，亲爱的，别了，让我最后一次感谢你……过去那样的相逢或者别离，已然很好，不管怎么着，总之很好……我要为此感谢你，直到我生命的最后一息。现在，我的心里有种前所未有的轻松和舒畅：要说的我都跟你说了，你现在知道了，不，只能说你或许能感觉到，我是多么地爱你，而这份爱情不会使你受到任何牵累。我的离去不会让你有失去的痛感——这已足够让我安慰。你那美好光明自由的生活也不会有一丝一毫的改变，我的死并没有给你增添任何痛苦，这已足够让我安慰，这是我最后留给你的，你啊，我的亲爱的。

可是，还有谁，谁还会在你的生日那天送你白玫瑰呢？唉，那个美丽的花瓶将要空空地供在那里，一年一度在你四周洋溢着的属于我的微弱气息，我的轻微的呼吸，也将就此消散了吧！亲爱的，请听我说，我恳求你——这是我对你的第一个也是最后一个请求：就算是为了让我高兴高兴吧，以后每年你过生日的时候——那天，每个人总想到他自己——去买些白色的玫瑰花，插在那个花瓶里。亲爱的，就照我说的去做吧，一如别人一年一度为一个亲爱的死者做一次弥撒一样。可我已经不相信上帝了，我不要人家给我做弥撒，我只相信你，我只爱你，我只愿在你身上还能继续活下去……唉，一年就只活那么一天就已足够，就那么默默地，完全毫无声息地活那么一天，一如我从前活在你的身边一样。我请求你，照我说的去做吧，亲爱的，这是我对你的第一个请求，也是最后一个请求。我感谢你……我爱你，永别了……我那么深深爱过的你……

他两手颤抖着，把信放下。然后他陷入了长时间的凝神沉思。他的回忆开始苏醒，隐隐约约中似乎有那么一个邻家的小姑娘，一个少女，一个夜总会的女人，可是这些回忆，模糊不清，混乱不堪，就像被哗哗流淌的河水拍打着的石块一样，因为河水的流动而闪烁不定，变幻莫测。阴影不时涌来，又倏忽散去，最终也没能勾勒成一个完整的图形。他虽然感觉到了一些感情上的蛛丝马迹，却怎么也回想不起来。他仿佛觉得，所有这些形象他都曾在梦里见过，是的，他常常在深沉冗长的梦里见到，然而那也只是一个梦而已。

思维戛然而止，他的目光忽然停在他面前的书桌上，然后落到那个蓝花瓶上。花瓶是空的，很多年来，这是第一次在他生日的这天花瓶是空的，没有插花。他悚然一惊：觉得仿佛有一扇看不见的门突然被打开了，阴冷的穿堂风仿佛从另外一个世界吹进了他寂静无声的房间。他感觉到了一种死亡的气息，同时也感觉到了不朽的爱情。他百感交集，一种莫名的悲苦涌上了他的心头，他隐约想起了那个看不见的女人，她飘浮不定，却又热烈奔放，犹如一阵乐声慢慢从远方传来。

普拉特尔的春天

她像一阵旋风似的从门口冲了进来。

"我的衣服送来了吗?"

"没送来,小姐。"女佣答道,"说实在的,我也不大相信今天这衣服还能送来。"

"当然不会送来了。真是个懒家伙。"她大嚷道,声音里颤抖着一种试图强压下去的抽泣。"现在是十二点,一点半的时候我就该乘车出门到普拉特尔公园去看赛马。可这愚蠢的家伙竟害得我去不成了,看,难得今天的天气这样好。"

说到这里,她火冒三丈,猛的一下子就把她纤瘦的身

子扔到沙发里。那是一张狭窄的波斯长沙发，上面罩满了
毯子和流苏，这是一间被布置得光怪陆离又俗不可耐的闺
房，而那张沙发就放置在一个角落。此时，她被气得抖作
一团，没有衣服她就没法去参加赛马会，一想到在以往的
赛马会上，自己作为众人熟悉的名媛贵妇，曾扮演过最最
重要的角色，她的眼泪便从戴了许多戒指的狭窄手缝里汩
汩流下来。

她就这样躺了几分钟，过了一会儿她稍稍抬起了身子，
一只手伸向旁边那张英国式的小桌，她知道她的巧克力糖
就放在这张小桌上，她机械地把糖一颗一颗地放进嘴里，
糖在她的嘴里慢慢化掉。此时，她那沉重的疲劳感，整夜
的辗转不眠，在房间凉爽的半昏半黑的光线中和她那巨大
的痛苦合在一起，不知是她太累了，还是这光线的作用，
总之，她慢慢地进入梦乡。

她睡了大概一个小时，睡得不沉，没有做梦，半睡半
醒之间，她多少还能意识到一些身边的事情。她是个漂亮
的女人，尽管此刻的她双眼紧闭，但在平时这双眼睛顾盼
生辉，不知吸引了多少人，若不是那两道精心描过的眉毛
让她有一种社交场上的贵妇人的样子，或许别人真会把她
当作是一个正在沉沉入睡的孩子。她的脸蛋是那样的清秀，
她的轮廓是那样的匀称，睡神把她因为失去了快乐而产生

的痛苦一扫而光，此刻她脸上的表情一片宁和。

她醒来的时候，快一点钟了。她对自己睡了一觉这件事感到有些吃惊，睡意褪去后，之前发生的事情慢慢在她的脑海里清晰起来。她开始拼命地按铃，神经质地一再按铃。女佣听到铃声后再次走进房来。

"我的衣服送来了吗?"

"没有，小姐。"

"这个讨厌的家伙，她明明知道我需要这件衣服，现在好了，我彻底没法儿去了。"

她说完后激动地跳了起来，在狭窄的闺房里来来回回跑了几圈，然后到窗前探出脑袋看看她的马车来了没有。

显然，马车已经来了。如果这个该死的女裁缝恰好出现，那么一切都会配合得很完美，可是女裁缝没来，现在她只得待在家里，心情懊恼的她渐渐地产生了这样一个念头：她太不幸了，世界上再也没有一个女人能像她这样不幸了。

可令她没有想到的是，她竟觉得悲伤给了她一种快感，她无意中发现，在悲哀中自我折磨也是一份独特的魅力。在这种感情意识的支配下，她命令女佣把她的马车打发走，当然，马车夫也非常乐意地接受了这道命令，毕竟在赛马的这一天他还是能做一笔好买卖的。

不过，当她看到楼下这辆高贵的马车飞驰而去的那一刻，就已经后悔下达了这道命令。如果不是因为害臊，她恨不得马上从窗口把这辆马车叫回来，因为她住在格拉本街，住在维也纳城最高贵的地区。

好，现在一切全完了。她焦虑地待在屋子里，就像犯了错的士兵被罚关禁闭不得离开营房一样。

她郁郁寡欢地在屋里乱转。在这间狭窄的闺房里，到处都塞满了东西，从最劣等的破烂货到最精致的艺术品，可以说应有尽有，既有一些高贵典雅，也有一些略显趣味低下。往常，她在这里感到非常舒服，更有那二十种不同的香水混在一起，并夹杂着刺鼻的烟味笼罩其上，所以屋里的每样东西都沾上了这种气味。如今，这些她喜欢的东西第一次让她感到如此厌烦，甚至那些黄皮装帧的普列沃斯特的小说集此刻对她也失去了魔力，她的心思全在普拉特尔公园上，她迫切地想着她的普拉特尔和欢乐草场上的赛马。

但这一切因为她漂亮的礼服没送到而全都落空了。

这真是叫人伤心得想要痛哭。她心灰意懒地靠在圈手椅里，想着就这样昏昏睡去也好，如此便能消磨整个下午的时光。恼人的是这法子似乎行不通，眼皮刚合上，又总是一个劲儿地硬要张开，想看看窗外的光亮。

于是，她又走到窗前，俯瞰那被太阳晒得发亮的格拉本街的人行道，还有那匆匆来去的过往行人。天空澄碧如洗，空气清新宜人，这让她投身原野的渴望越来越强烈，越来越迫切，她似乎感觉到了自己心急如焚。突然，她闪过一个念头——独自一人到普拉特尔公园去，既然注定坐不上被鲜花包裹的彩车了，那至少也得看看彩车才是，她可不能不去普拉特尔。这样的话，她就不必非要穿一件高贵的礼服了，或许一身朴素的着装会更好，因为这一来，别人就不会认出她来了。

产生了这个念头之后，她很快就下定了决心。

她转身打开衣柜，开始挑选衣裙。满眼都是鲜艳夺目、花里胡哨或大红大绿的颜色，直把人看得眼花缭乱。她挑来挑去，丝绸在她手中沙沙作响，真不知道穿哪件才好，因为她所有的礼服几乎都是被委以重任的，那就是引人注目，不过这正是她今天想竭力避免的。她翻找了半天，终于，一抹天真而愉快的微笑在她的脸上瞬间浮现了。在柜子的角落里，她发现了一身简朴到近乎寒酸的衣衫，上面已经落满了灰尘，而且被压得皱巴巴的。当然，让她露出这种微笑的不仅是她发现的这身衣服，还有这件有纪念意义的衣服所引起的往事，在这一刻，那些往事历历在目。她想起那一天，她穿着这身衣服和她的恋人一起离家出走，想起她和恋人在一起的许多幸福时光，然后又想起她以幸福为代价换来的锦衣玉食的日子，先是作为一位伯爵的情妇，继而变成另外一个人的情妇，接着成为其他许多人的情妇……

她不知道自己为什么还要留着这身衣服。不过当她发现这身衣服依然还在的时候，她很高兴，她没有多想，立刻换上了这身衣服，在笨重的威尼斯大镜子前左顾右盼，看到镜子中自己的模样时她不禁感到好笑。是啊，她看上去那样的规规矩矩，如同一个寻常百姓家的姑娘，天真烂漫，像甘泪卿似的纯洁无邪……

她到处胡乱摸索了一阵，找到了与衣衫配套的帽子，然后笑吟吟地冲着镜子认真地看了一眼，只见镜子里有位朴素的少女穿着星期日的盛装同样笑吟吟地向她回礼。

就这样，她出发了。

她唇边挂着微笑漫步在街上。

起先，她觉得其实每个人都能觉察到，她并不是自己装扮出来的那种人。

但是，正值晌午的骄阳炽烈，从她身边匆匆走过的行人稀稀落落，绝大部分人都没有时间去打量她。所以慢慢地，她自己也就进入了角色，一路遐想着沿着红塔大街走了下去。

在这里，一切生物在阳光的沐浴下都显得熠熠生辉。星期日的热烈气氛从盛装出行、心情欢快的人们身上传到了动物和其他东西上，一切的一切都闪耀着动人的光芒，那么夺目地向她欢呼、向她致意。她目不转睛地凝视着眼前这热闹缤纷、熙熙攘攘的人流，心里有说不出来的兴奋。其实这种场面她从来也没有见识过，她只顾着欣赏，差一点儿就撞上一辆马车，她不禁自嘲道："看，真像个乡下姑娘。"

于是她稍微留心起自己的举止来。正当她走到普拉特尔大街的时候，突然看到一位爱慕自己的男士乘着时髦的马车紧贴着她的身体驶了过去，距离之近几乎可以让她扯到他的耳朵，其实她心里也真恨不得上去扯一下他的耳朵呢。想到这些，她又忘乎所以起来。只不过那位爱慕她的人却摆出一副高高在上的样子，把身体往后懒洋洋地靠着，竟然丝毫没有注意到她。看到此景，她不禁放声大笑，直笑得那位爱慕她的人回过头来。假若不是她飞快地用手绢遮住脸，真会被那人一眼认出也说不定呢。

她兴奋无比地继续往前走，没多长时间就挤进了熙熙攘攘的人群。这些人都是在星期天到维也纳国家圣地去朝拜，或者到普拉特尔公园的一些林荫道上去漫步，他们穿着鲜艳的衣服成群结队地行走着。普拉特尔河边的草场绿草如茵，林木高耸，这些横穿草场的林荫道，宛如铺在绿茵上的白色木板，所以这里并没有幽径。她的好奇和疯狂在不知不觉中与人群的欢快情绪融为了一体。所有的人都被星期天的欢乐气氛所感染，为大自然的美妙风景所折服，全然忘记了星期天前后那六天的枯燥烦闷和繁重的劳动。

她被卷入人流中，就像大海里的一朵浪花，漫无目的，随波荡漾，却在充满活力的欢呼中不断喷吐着激情的水花，向未知的方面一路翻腾。

在这一刻，她几乎要感谢女裁缝忘记给她送衣服了。因为在这里，在这一刻，她感到一生中从未有过的幸福、自由，简直就像回到了初游普拉特尔的童年。

于是，那些远去的记忆和画面纷纷浮现出来，在被当

下这种欢乐的情绪镶上了一道光亮的金边之后，她又回忆
起了她的初恋。不过这种回忆并不像人们回忆那些不愿触
及的事情时那般带着悲伤的心情，而是像回忆着一种命运，
一种让人想要重新经历一次的命运，那只是一种全然的奉
献、不是交易的爱情……

她继续向前走，一颗心沉浸在了往事的回忆之中，人
群中喧闹的欢笑对她来说，变成了汹涌的滚滚浪涛，她已
经分辨不出单个的声音。她就这样独自一人畅想着，从前，
她躺在自己房间里的波斯卧榻上无所事事时，从未想过这
么多，她只是向着宁静、滞重的空气喷吐一个又一个的烟
圈……

突然之间，她猛地抬起头来。

开始她并不明白是怎么回事。她只是有一种模糊的感
觉，这种感觉给她的意识瞬间蒙上了一层难以看透的轻纱。
现在，她抬起头来，感觉有一双眼睛在四周注视着自己。
尽管她没有朝那儿看，但是她女性的直觉，正确解释了把
她从梦中惊醒的这一道目光。

这种目光来自一双深色的眼眸，它们镶嵌在一张年轻
人的脸上。尽管那人的小胡子长得浓密，不过依然无法遮
掩住那份青涩的稚气，实话说，这是一个十分讨人喜欢的

年轻人。但从穿着看，这个人像个大学生，扣眼儿里插了一朵民主党的党花，这更加证实了她的推测。他脸上柔和而规则的线条被一顶圆顶宽边毡帽斜斜遮住，使那颗普普通通极为平常的头颅被赋予了一种诗人的风采和理想的成分。

她的第一个反应是轻蔑地蹙起眉头，然后高傲地把目光快速移开。她不禁在想：这个普通人想在她身上打什么主意呢？她可不是没见过世面的乡下姑娘，她是……

突然，她停止了思考，一双俏皮的眼睛里重新闪出一种不安分的笑意。就在刚刚，她又让自己恢复到那个社交场上的时髦女子，完全忘记了自己已经戴上了一个平民少女的面具。她似乎没有想到自己乔装打扮得这样成功，为此她孩子气地感到异常得意。

年轻人把她的微笑理解成一种鼓励，他尝试着走近她，一双眼睛目不转睛地盯住她。他似乎想要使自己表现出一种信心十足和充满男儿气概的神情，很显然，他失败了。他那犹豫不决、优柔寡断的模样，一次又一次地把他试图呈现刚强的表情扫得一干二净。不过，这恰好是让她觉得可爱的地方，因为对她而言，一个男人能够表现出含蓄和收敛是那样陌生的事情。而现在这个年轻人身上所特有的稚气给她带来了一种从未体验过的感觉，一种崭新而强烈的感受，这种感受是那样自然，她简直无法来形容。年轻人大概有十几次想张开嘴跟她搭讪，可是每到关键时刻，他的畏惧和羞怯便跑出来作祟。她仔细观察这个年轻人一而再再而三欲言又止的样子，觉得简直像看一出格外幽默的喜剧一样有意思。所以，她不得不用力咬住嘴唇，她怕自己的笑声会跑出来。

这个年轻人的另一个优点在于——他眼睛不瞎。他十分清楚地看到她漂亮的嘴角动了一下，这份流露出的真情，使他勇气倍增。

很突然地，他开始没头没脑地说起话来，他先是彬彬有礼地问她，是否可以陪她走一程。他说不出任何理由，因为他绞尽脑汁想了半天，仍然找不出一个合适的理由。

尽管这个年轻人为了这句话准备了很长时间，可在他提问的瞬间，她还是被惊住了。她该接受吗？为什么不呢？千万不要在这种时刻去想，这事情最后该如何收场。既然已经穿上了平民少女的服装，也很想扮演一下这个角色，那么她也要像个平民少女一样，与自己的爱慕者一起去逛逛普拉特尔公园才是，说不定这还很有趣呢？

所以，她决定接受邀请，便对他说，她很感谢，不过这样似乎不太好，因为这会占去他很多时间。在这种情况下，她的肯定回答就隐藏在句子里。

他立刻就明白了，于是走到她身边。

没过多久，俩人便很自然流畅地交谈起来。

这是一个十分活跃的年轻大学生，离开高等文科中学还没几年，他身上还有中学时代的那种奔放的疯狂劲。当然，他的人生阅历还太少，尽管他已经以男孩的方式爱过很多次，但是，大多数年轻人向往的"艳遇"体验，他却少得可怜，因为他缺少获得这种经历的关键条件——大胆进取的勇气。他的爱情往往只能停留于暗暗钦慕，表现为在远处小心翼翼地观赏，或者沉醉于诗句和梦境之中。

而她则恰恰相反，她惊诧地发现自己顷刻间变成了一个大话匣子，仿佛对什么事情都十分关心，并且在不知不觉间又操起她从前说的一口维也纳方言。这种方言她已经有五年没说过也没想起了，她甚至觉得这五年风流放荡的生活也在此刻消失得无影无踪，她又变成了那个身材瘦弱却对生活充满渴望的乡下少女，如此迷恋普拉特尔公园和它特有的魔力。

不知不觉中她跟他一起慢慢离开了大道，脱离了喧嚣的熙攘人群，他们一起走进了普拉特尔春意盎然的广阔草地。

百年老栗树枝叶繁茂，浓荫蔽地，翠绿一片，宛如高高耸立的巨人。开满花朵的枝桠在风中沙沙作响，如同恋人悄声细语在互诉衷肠，白色的花瓣宛若冬天里的雪花，一片一片地飘落在翠绿的草丛里，落英缤纷组成一幅神奇的图案。一缕甜蜜而浓郁的芳香从泥土中热烈喷涌，紧紧地萦绕在每个人的身上，贴得紧密，以至于人们无法给这种享受一个明确的定位，而只有一种甜蜜温情的朦胧的感觉催人昏昏欲睡。如同蓝宝石拱顶的天空笼罩在森森树木之上，湛蓝明快而又清纯无比。而太阳之神也为它精妙绝伦、亘古长存、无可取代的创造物普拉特尔的春天洒上了万道光芒。

普拉特尔的春天！

这个词生动具体地飘在明媚的晴空之中，大家的体内都被它注入了深深的魔力，每个人的心中都产生了一种万物萌发、繁花盛开的感觉，一对对情侣手挽着手穿过碧绿无边的草场，他们的脸上洋溢着甜蜜的幸福，奔跑的孩子们虽然对这种幸福还不熟悉，但那种受感染后的内心的冲动，却迫使他们欢呼雀跃手舞足蹈起来，那快乐的声音被风儿送去远方，消失在密林之中。

普拉特尔的春天，如同轮转的荣耀光轮一般普照在这些卸下繁重劳务的幸福的人们身上。

他们俩人投入地畅聊着，丝毫没有感觉到这魔力已慢慢地萦绕在他们的心上。渐渐地，他们欢快的戏谑之中开始掺和进去了一丝知音般的亲密，在各自的心里，彼此都成了对方眼中不请自来，但是颇受欢迎的客人。是的，他们成了莫逆之交。他遇见了这位活泼开朗、娇柔迷人的姑娘，他感到满心的欢喜，她那旁若无人轻狂爽朗的神气使她看上去活像一位乔装的公主。她呢，也喜欢这个充满朝气的小伙子，而她与这个小伙子合演的这场巧逢偶遇的戏码，也让她有些认真了。在这一刻，她穿上了过去的衣服，也找回了过去的感觉，她开始渴望着一种幸福，那种初恋时才有的幸福……

她感到，她仿佛希望现在她是初次经历这种感情，那毫不掩饰的赞赏，那隐而不露的渴望，那单纯宁静的幸福……

他小心地挽住她的胳膊，她没有拒绝。他给她讲了好多好多事情，讲他的少年时代，也讲他的种种经历，然后，他说他名叫汉斯，现在正在念大学，他说他非常非常喜欢她，他讲这些的时候，她真切地感到他温暖的呼吸吹到她的发际。他半开玩笑半认真地向她求爱，这些带给她快乐和幸福的举动让她浑身颤栗。她曾听过千百遍求爱的话，有些人甚至说得比他更美妙，她也接受过许多人的求爱，但是从来没有一次像今天这样，他在她耳际低语着求爱的表白，发自内心的朴素言语使她的面颊绯红，发出一种迷人的光彩。他因为内心激动，所以声音有些微微震颤，但这些颤动的话语听起来却像一场每个人都渴望着亲身经历的美梦，轻微的颤动渐渐传遍了她的全身，直到她幸福得浑身颤抖起来。她觉得他压在她手臂上的手劲越来越重，这是独属于男性的狂野力量，它强烈而透着无限的柔情蜜意，令她感到如痴如醉。

这时，他们已经走进辽阔无边、人迹稀少的草场，一切都那么安静，只有远处汽车的轰鸣偶尔传来，声音轻微，犹如喃喃人语。万绿丛中偶尔会有身着鲜艳夏装的妇女闪现，宛如轻盈的蝴蝶，又继续自顾自地翩然飞去，他们几乎听不到人声，宇宙中的万物仿佛经不住日晒，都疲倦地沉入酣梦之中……

只有他的声音仍旧不知疲倦地，在她身边温存地诉说着千种柔情，万般蜜意。一句比一句亲切，一句比一句甜蜜。她听他诉说，昏昏沉沉地就像入睡时隐约听着远处飘来的一首乐曲，她听不清音符，只听见音乐的节奏和旋律。

当他用双手抚摸着她的头，并俯身吻她的时候，她也不作任何反抗，那是悠长的，深情的一吻，里面包含了无数埋在心底的拳拳爱意。

就是这一吻，驱散了她全部的记忆，她觉得这是她平生得到的第一个有关爱的吻。她和这个年轻人上演的戏码如今变得满是生机，感情充沛。她的心中突然萌发了一种深挚的爱恋，这爱恋令她忘记了她的全部过去，就像演员演到出神入化、物我两忘的时候，和角色融为一体，不再有其他的想法一样。

她觉得，这件事情的发生是一个奇迹，是为了让她再一次体验初恋的滋味……

他们手挽着手，就这样漫无目的地走了几小时，完全沉浸在脉脉的柔情之中。西边的晚霞烧红了半个天幕，树梢像漆黑的手指一般刺入赤红的天空，暮霭浓重，树木的轮廓在昏暗的天色中越来越模糊，越来越朦胧。此刻，晚风习习，树叶瑟瑟作响。

汉斯和莉泽——平时，她总管自己叫莉齐，不过此刻"莉泽"这个儿时的名字更让她觉得可爱、可亲，于是她就

告诉了他这个名字——转身向普拉特尔公园走去，远远的
她就听到公园里人声鼎沸，并夹杂着各式各样稀奇古怪的
噪音。

形形色色的路人从一个个灯火耀眼的小摊儿前经过，
有和恋人相拥的士兵，有明快开朗的年轻人，还有纵情欢
呼的孩子们，他们在从未见过的稀罕玩意儿前面流连忘返。
四周声音嘈杂，几乎要把耳膜震破。好几个军营乐队和其
他乐师们卖力演奏着，企图压过对方的声音。小商贩用已
经沙哑的嗓子频频夸赞着自己的宝贝。游艺靶场的射击声
和各色的童声混杂在一起。举国上下的人们都汇集在一处，
三教九流各有代表，各自怀着美好的愿望，而那些摊贩和
店主们则尽力去满足这些美好的愿望。这一大堆人形形色
色、各不相同，却在这样热烈的氛围中交汇融为一体。

对莉泽来说，这个神奇的普拉特尔公园就像是一块新
被发现的，或者更确切地说，是重新找回童年的乐土。从
前，她印象中只有那条主要的林荫道和上面蔚为壮观的车
队漂亮而又高贵，但是现在，她发现了这里的更多乐趣，
这里的一切都是那么迷人，她觉得自己就像一个被带进玩具
商店的孩子，贪婪地想抓住每一样东西。她又变得快乐而又
充满活力，那些梦幻的、近乎惆怅的情绪早已烟消云散。他
们像两个淘气的孩子，在无边的人海里欢笑着、嬉闹着。

每经过一个小摊儿前他们都要停下来，十分快乐地欣赏着摊主们用极其滑稽幽默的表情和单调而夸张的叫声来招揽过往的顾客："世界上最高的女人"、"欧洲大陆上最矮的男人"，他们如是叫嚷着，或者吆喝着大家看柔体杂技演员、女算命先生、怪物、海底奇观，等等。他们两个好奇地参与其中，坐旋转木马，请人算命，总之什么事情都干，他们是那样的欢天喜地，乐不可支，大家都好奇地看着他们的背影，小声感叹着。

又过了一会儿，汉斯觉得，是时候解决肚子的问题了。她欣然同意，便和他一起走近一家稍稍远离喧嚷人群的酒店。在那里，热闹的喧闹声渐渐变成时有时无的嗡嗡声，越来越轻，也越来越静。

他们并排而坐，紧紧依偎着。他给她讲各种欢快的小故事，显然，他很善于在每个故事里巧妙地安插进一些奉承的话，这让她愉快的心情得到了很好的保持。他给她取了好些滑稽有意思的名字，把她逗得笑声不断。偶尔，他会故意做出一些蠢笨的事，把她乐得尖声大叫。她平时喜欢自我克制保持高贵端庄的神气，在当下统统都不存在了，取而代之的是从未有过的纵情奔放。本来她早已忘却那段童年时代的故事，如今又重新记起，那些早已从她记忆中消失的人和物，此刻又重新浮现在她眼前，并且以一种更为神奇的方式汇集在她的脑海中。她像中了魔法一般，和原来判若两人，她变得更加年轻，也更加快乐。

他们就这样依偎一起，聊了很久——

夜色早就来了，带着浓墨般的面纱降临，却没有把这傍晚的沉闷驱散开。空气变得滞重，仿佛一道沉重的魔障。远方，一道闪电打破这愈来愈沉重的宁静。渐渐地，灯火阑珊，游人四散，大家开始向着不同的方向各自回家。

汉斯也站起身来。

"来，莉泽，我们该走了。"

她像个听话的孩子一样跟着他走，他们手挽着手离开幽深而神秘的普拉特尔公园，他们的身后只剩下几盏彩灯像闪闪发光的猛虎眼睛一般，在簌簌作响的树丛中闪烁着。

洒满月光的普拉特尔大街上，已经没有多少行人，街道也开始陷入沉睡中。他们走在石子路上，街道很安静，以致他们每走一步都引来很响的回声。幢幢人影有些怯生生急匆匆地从路灯旁一闪而过，街灯漠然地发出一抹微弱的幽光。

一路上，他们没有谈论要走向哪里，不过汉斯却已默默地充当起向导的角色。他是在向自己的住处走去，这一点她早已预感到了，却不肯开口说出来。

他们就这样走着，几乎没说一句话，他们走过多瑙河大桥，接着穿过环形大道，走向第八区。这是维也纳大学的学生区。他们走过那闪闪发光的用石块砌成的宏伟的维也纳大学，路经市议会，最后向着狭窄破败的小巷走去。

突然，他开始对她说话。

他向她倾诉着炽烈的话语，用火烧一般的色彩吐露出青春爱情所特有的渴望，这样炽烈的话语只有在最热烈的欲念的支配下才能说出口。在他的倾诉中，隐匿着一个年轻生命对幸福与享乐的无限神往，以及对爱情最迷人的目标予以最狂热的追求。他滔滔不绝地诉说着，言语越来越奔放，欲望越来越强烈。他的话语就像腾空而起的火焰，男人贪婪的天性在他身上到达了最高点。他像一个乞丐般苦苦哀求着她的爱情……

这样一番炽烈的情话，令她浑身颤抖。

　　醉人的诗句和狂野的歌曲，在她耳畔汇成一片令人迷醉的音律。她听不清他在说些什么，只觉得他急切地怂恿着她心中强烈的欲望，驱使她去和他的身体做最亲密的接触。

　　终于她答应了，她要把以往曾无数次像打发乞丐似的给别人的东西，当作一件价值连城、无可比拟的珍贵礼物馈赠给他。

　　他在一座古老而窄小的房子前面，停住脚步，他轻按了一下门铃，眼睛里闪耀着巨大的幸福。

　　门很快打开了。

　　他们先是快步穿过一条狭窄湿滑的过道，然后踏过许许多多狭窄的旋转楼梯。不过这些，她都没有注意到。他用强壮的双臂抱着她，像抱着一个羽毛球似地轻松迈上楼梯，他的双手由于迫切期待而颤抖，这颤动也传到了她的身上，几乎在同一时间，她如同游历梦境般地向天空飞升。

　　爬上楼他站住了，随即打开一间小屋。这是一个狭小昏暗的房间，需要用力盯看才能辨明房间里的陈设，一条破旧的白色窗帘遮住了原本就十分狭小的天窗，而稀疏的月光就洒在这窗帘上。

他轻轻地把她放下来，然后以更大的激情抱住她。无数的热吻频频涌入她的血脉，她的身体在他的爱抚下颤动不已，她所有想说的话化为充满渴望的低吟……

房间昏暗而又狭小。

但是，无边的幸福却充溢在房间里。爱情灼热的光照亮了这深沉的黑暗……

时间尚早，也许六点都不到。

就在刚才，莉齐又重新回到自己家里，回到她那间漂亮的闺房。

回来做的第一件事就是把两扇窗户敞开，她要呼吸早晨新鲜的空气，因为那混浊的、甜得发腻的香水味道已然叫她感到恶心，这香味很容易让她想到眼前的生活。以往，她漠然地容忍了这种生活，不去思考，盲目顺从，听天由命。但这一切从昨天开始变得不一样了，昨天的经历像一缕清新欢愉的青春幽梦落入她的命运，令她突然对爱情产生了美好的渴望。

可是她又深深地感觉到，自己已无法回头。或许，马上就会有她的一个思慕者上门，接着是另一个。想到这儿，她怵然一惊。

她开始害怕这渐渐明亮、愈发清晰的白天。

但是她又回想起了昨天，昨天的那场经历就像即将消散的阳光一般照进她昏暗而阴郁的生活，让她忘记了即将到来的一切。

一缕孩子般的微笑慢慢爬上了她的唇角，那是一个清晨从美梦中醒来的幸福孩子的微笑。

一个不能忘记的人

在人生最困难的两桩事情上的经历，使我受到了教育：一桩是一个人为了内在的完全自由而不屈从于世上最强大的力量——金钱的力量；另一桩是生活在人们中间和所有人都成为朋友，连一个敌人都没有。假如我忘记这样一个人，那无疑就是忘恩负义。

认识这样一个极为独特的人完全是在一个极为平常的情况下。那时我住在一座小城里，一天下午带着我的西班牙狗去散步。突然间，这只狗显得极端不安，它不停地在地上翻滚，一会儿又去树上蹭痒，同时还不断地狂吠，间或发出呼噜的声音。

让我感到奇怪的是，就在狗反常的空当，我看到有人正从我的身边经过，这人是一个三十岁左右的男人，他衣衫褴褛，没有领子，也没戴帽子。这也许是一个乞丐，我这样想着并准备从口袋里掏出小钱来给他。可这个陌生人的表情非常宁和，他安闲地朝我微笑着，用他那两只清澈的蓝色眼睛望着我，如同望着一个十分相熟的人。

"这只可怜的小家伙有些不舒服，"他说着并用手指向我的狗，"你到这儿来，我们马上就可以把它弄好的。"

他用"你"来称呼我，仿佛我们是好朋友一般；他的气质中所流露出的热心是那么友好，那是一种我根本不能拒绝的亲切。我跟着他走到一条长凳旁，在他的旁边坐下。他打了一个尖厉的口哨来召唤我的狗。

奇怪的事情就在这一刻发生了：向来对陌生人极不友好的卡斯巴尔竟真的向他跑过来，并且顺从地把头伏在这个陌生人的膝上。他开始用他那长长的敏感的手指在狗的皮肤上仔细查看。过了那么一些时间，他终于发出了一声满意的"啊哈"，随即进行了一种看来是非常痛苦的手术，因为我的卡斯巴尔多次狂叫了起来，可即使如此它并没有跑开的样子。突然这个人把狗放开，让它又自由了。

"好了，"他笑着说道，把一个什么东西捏在手上举了起来，"可爱的小狗，你现在又可以跑跳了。"

恢复常态的狗一溜烟儿跑开了，这时陌生人站起身来，对我说了声再见，点了点头便又走自己的路了。他离开得这样匆忙，我都来不及想给他点什么东西作为对他的回报，更谈不上去表达我的感激之情了。他出现时带着一种笃定的自信，他消失时也是这样。

回到家中，我还一直在想这个男人奇怪的举动，并把这次奇怪的邂逅告诉了我的厨娘。

"这是安东，"厨娘说，"他对这类事情一向在行。"

"那这个人是做什么职业的，他靠什么来维持生活呢？"我继续问道。

她回答说："根本没有。一种职业？他要职业来干什么？"厨娘的回答让我觉得自己的问题多么离谱似的。

"喏，就算是吧，"我说，"但每一个人毕竟得做点什么来养活自己吧？"

"可安东不是，"她说，"每个人都会给他所需要的东西。他对钱一向无所谓，他根本不需要钱。"

每一口面包和每一杯啤酒都必须付钱的，人们也必须为他的住处和他的服装付钱的。这样一个衣衫破旧看上去毫不起眼的人，怎么可能绕开这个人人都在遵从的法则而无忧无虑地生活呢。

所以，我决定去探索这个人所作所为背后的秘密。没过多长时间，事实就证明了厨娘的说法是完全对的。这个安东真的没有固定的职业。他的生活很是闲适，一天到晚都在城里游荡，表面看来他似乎毫无目的，但却用一双警醒的眼睛观察着一切。他拦住一辆马车，告诉车夫让他注意马的挽具松了。他发现了一个篱笆里有一根木桩已经烂了，便去告诉主人，并建议他把篱笆加牢。多半情况下人们就委托他来做这项工作，因为大家都知道，他从来不是出于别有用心才给人出主意的，而是出于他本身真正的善意。

我看到过他帮多少人的忙啊！有一次我看到他在一个鞋店里修补鞋，另一次是在一家公司里当临时工为大家服务，还有一次他领着孩子们散步。我发现，所有的人都是在遇到困难时去请他帮忙。真的，有一天我看到他坐在市集的女小贩们中间叫卖苹果，原来是摊位的女主人在坐月子，所以请他来代替她看摊位。

在所有的城市里，有很多人什么工作都能胜任，这是毋庸置疑的。但安东的特别之处是不管工作多么辛苦，他总是拒绝多拿一分钱，只要够一天生活所需就可以了。若是这天碰巧他日子过得去，那他一定不会收取任何报酬。

"我会去找您的，"他说，"若是我真的有什么需要的话。"

不久之后，我开始了解了，这个奇怪的小个子男人，尽管他工作热情，衣衫褴褛，但他却为自己找到了一个全新的经济来源。与其把钱存在储蓄所，他宁愿把一笔道义存款放在他周围的世界里。这种无形的信贷让他积蓄了一笔小小的财富，这也让那些极端冷酷的人面对一个心甘情愿为他们服务且不索取报酬的人无法无动于衷。

只需在大街上看到人们对安东的表现，就能看出人们是以怎样特殊的方式敬重他。每一个地方都亲切地向他表示敬意，每个经过的人都会向他伸出手来。这个穿着破旧衣服的平凡正直的人，在城市中穿行，就像一个慷慨大方和蔼可亲的土地持有者一样在看管他的财产。所有的大门都向他敞开，他可以在任何一张椅子上坐下来，似乎这一切都供他自由支配。我从来没有如此清晰地理解，一个不为明天担忧，而只简单地信赖所有的人能有如此的力量。

我必须诚实地坦白，在那次安东与我的狗打交道之后，每当在路上我们相遇时他也只是轻轻地点下头向我致意，在他眼里仿佛我是某个陌生人一样，开始的时候这让我感到恼火。诚然，他是不希望为这件小事而接受他人的感谢，但这种客气的态度却让我觉得自己被排除在一种强大而亲密的团体之外。所以，当我的房子需要修理时——屋檐水槽滴水——我便让我的厨娘去叫安东来。"他这个人是不能随便去叫的。要知道他从来不长时间待在同一个地方。不过我能把这个消息告诉他。"她如是回答说。

于是我知道了，这个奇怪的人根本就没有固定的住处。不过尽管如此，想找他也是非常容易的，仿佛有一种无绳电话将他与每个城市联系在一起似的。人们只要对他遇到的第一个人说："我现在需要安东。"接下来，这个消息就会一个人一个人地传下去，直到某个人偶然碰到他为止。事实上就在同一天下午他来到了我家。他先用审视的目光环顾了一下四周，在穿越花园时他说，这儿需要加一道树篱笆，那儿需移植过去一棵小树。最后他仔细地检查了下屋檐水槽漏水的情况，就开始工作了。

两个小时之后，他告知我说修好了，随即不等我有所反应又走掉——又是在我向他道谢之前。不过好在这次我有委托我的厨娘郑重其事地付钱给他。我问她，安东对这份报酬是否满意。

"当然啰,"她回答说,"他从来都是满意的。我本来要给他六个先令,但他只拿了两个,他说这已经够他今明两天用的了。不过,如果博士先生能有一件多余的旧大衣可以给他的话——他……"

能去满足这样一个人的愿望,我很难描述我当时的喜悦之情,要知道在我熟悉的人中他是第一个奉献的多索取的少的人。所以我急忙向他追去。

"安东,安东,"我一边跑一边朝下坡大喊,"我有一件大衣要给你!"

我的眼睛又和他那明亮安详的目光相遇了。他对我跟在他后面跑来的反应没有表现出一点儿的诧异。在他看来,一个人把他多余的一件大衣送另一个极为需要的人,是再自然不过的事情了。

我的厨娘翻找出我的那些旧衣服。安东看了看,从一堆衣服里拣出一件旧大衣,他先套在身上试了试,随即非常平静地说:"这件我穿比较合适!"

他说这句话时,带着一个主人才有的表情,有点像从商店陈列的货物里挑选出自己需要的东西一样。随后他又把目光向其他的衣服投去。

"你可以把这双鞋送给住在萨尔泽巷的弗里茨，他太需要这样一双鞋子了！那些衬衣可以送给正阳大街的约瑟夫，它们对他或许更有用处。当然，若是你认为合适的话，我十分愿意替你把这些东西带给他们。"

他是用一个人向另一个人表示一种自然而然的善意所带有的慷慨语气说出这番话的。为此，我必须感谢他，感谢他把我的这些衣服分配给了那些我根本不可能认识的人，而他们正好需要这些东西。他把鞋和衬衣包好并补充说道：

"你真是一位高尚的人，这些东西就这样送掉了！"

是的，就这样送掉了。

可事实上，他这句朴素无华的话竟使我感到无比的开心和骄傲，甚至我写的那些书所得到的称赞和评论与之相比简直不值一提。在此后的很多年，只要想到安东，我仍然怀着感激之情，因为除他之外，几乎没有任何一个人在道德上给予我如此多的帮助。每当我锱铢必较时，我就非常清晰地想起这个人，他生活得总是那么无忧无虑自由自在，因为他从没有更多的要求，够一天用的足矣。他的这种人生态度总是引我去做同样的思考：如果世界上的每个人都能彼此信赖的话，那就不会有仇恨和怀疑，不会有法庭，不会有监狱和……不会有金钱。若是所有的人都像安

东一样生活，总是全力投入而只取其所需的话，那我们眼
下这复杂的经济生活是否也应该做些改进呢？

此后的许多年里，我再也没有听到关于安东的消息。
但是我几乎可以向任何人表明，对此我没有一丝一毫的担
心：他永远也不会被上帝抛弃，并且，也永远不会被人们
抛弃。

偿还旧债

亲爱的老艾伦：

　　相隔这么多年收到我的一封信，我知道，你一定会感到特别惊讶。想来从我最后一次写信给你到如今，也有五年的时间了，或者有六年之久也说不定。我记得那还是你最小的女儿出嫁时，我给你的贺信。不过，这次我提笔给你写信的原因可没有当初那么隆重而庄严了。现在，我要向你倾诉的是关于我的一次奇特的邂逅，这么推心置腹地倾诉与你，或许你会觉得奇怪。可是这件事我只能向你倾诉，也只有你一个人能够理解发生在几天前的事情。

　　写到这里，我不由自主地停下笔来，一个人独自发笑。记得当年我们还是两个稚嫩的天真少女，十五六岁的样子吧，心里总有一些孩子气的秘密，当我们心情激动地坐在教室里，或者是在回家的路上互相倾诉这些秘密时，你不是也老说"只有你才能理解这件事情"吗？在当时那段青葱岁月中，我们不也是郑重地向彼此宣誓，一定把有关某个人的情况，丝毫不差地都告诉对方吗？如今这一切虽然都成了四分之一世纪以前的往事，但发过誓的承诺就应该始终有效不是吗。所以我要让你看到，虽然没有在第一时间说给你听，但总的来说我还是忠实地恪守着我们当初的诺言。

　　整个事情是这样发生的。今年我经历了一段艰难的时日。身为主任医师的丈夫被调到 R 城的一家大医院里，这样一来，搬家的事情就全部落在我一个人身上。偏偏这个时候我女婿又带着我女儿到巴西出差，把三个孩子留在了我们家里。可孩子们不知怎么回事，突然一个接一个地得了猩红热，我只得强打起精神照顾他们……令我悲痛的是，最后一个孩子还没有完全病愈，我的婆母又去世了。一切都乱了套，我开始还以为，自己有能力挑起这副重担，可这一切事情来得太过突然，它们对我的考验远远超出了我的想象，我简直要崩溃了。一天，丈夫默默地端详了我一阵之后，对我说道："所幸孩子们都已经恢复健康，我想，玛格丽特，你应该好好关心一下你自己的身体了。你现在看上去疲惫不堪，这是劳累过度导致的，我希望你能到乡下的某个疗养院去待上两三个星期，这样你才能恢复精力。"

我丈夫说得很有道理，我也承认自己这段时间已心力交瘁，实际情况比这还要糟糕。每次有客人来访，我便意识到这一点——自从我丈夫在这里任职以后，我们不得不应酬大量的客人，偶尔还得外出做客——客人一旦坐上一个小时，我就有些心不在焉了，至于他说什么，我完全没有印象。还不止这些，就连最简单的家务事我也常常忘记，而且忘记的次数越来越多。早上我必须用力强迫自己才能起床。这一切，都被我丈夫那清澈的、训练有素的医生看在了眼里，所以他才能诊断出我身心极度疲惫的状况。我的确没有别的毛病，或许只是缺少那么两周的休养。两周之内，不去想厨房，不去想内衣床单，不去想做客或招待，不去想每天的琐事；两周之内，一个人待着，只做我自己，而不是只做母亲、外婆、家庭主妇和主任医师的夫人。我只要在两周内这样安排好我的生活，一切就都会好起来。碰巧我居孀的姐姐这时候要来我们家，这样即使我不在家一切也都有人照顾，我也就没有了后顾之忧，于是，我听从了丈夫的忠告。

说实在的，我有些兴奋，甚至有些迫不及待。这是我二十五年来第一次独自离家休假，是的，我希望这次休假会给我带来新的活力。原本我丈夫让我在一家疗养院疗养，我拒绝了他的这个建议，尽管他很周到，事先给我选定了一家疗养院，而且他和这家疗养院的院长在青年时代就是很好的朋友。我拒绝的原因很简单，因为那儿虽然是疗养院，可毕竟人太多，又有熟人，难免会讲究一些繁文缛节，应对进退。而我呢，在这两周内我只想和我自己在一起，看看书、散散步、做做梦，不受干扰地多睡一会儿。不打电话、不听收音机，安静休息，总之，两周之内我要平静无忧地做我自己。当然，如果可以这么做的话，我会很快乐。多年来我别无所求，在潜意识中只向往这种完完全全的彻底沉默和彻底休息。

我不禁回忆起婚后最初几年我们住在波岑的情景，我丈夫当时在那儿当助理医生。有一次，我们徒步三个小时，爬到山上一个偏僻的小村子里，我们走到一个小得可怜的市中心广场边上，在教堂的对面，看到一家乡下旅店。这类旅店在蒂罗尔很常见，房子用又宽又大的四方石块盖在平地上，二层楼上面的木头屋顶很宽阔，几乎遮住了整座房子，屋顶上有一个宽敞的露台，从广场这边看去，整座房子都被浓密的葡萄叶包围着。当时正值金秋季节，葡萄叶已经变红，艳红的叶子像是清凉的火焰一般围着房子熊熊燃烧。旅馆左右两侧是一排排矮小的房屋和宽阔的谷仓，看过去颇像主人家养的忠实的狗，而旅馆则敞开胸怀站在柔和的流云下面，眺望着远处绵延无尽的群山全景。

当时站在这家小旅店的前面，我开始对这样的生活充满了憧憬，几乎像着了魔似的。你肯定知道这种情况：在铁道上，或在游走时如果看见一幢美好的房子，就会突然产生一个念头：为什么我不生活在这里？住在这里的人肯定会很幸福。我相信每个人在某个时刻都有过这样的念头，当你在一个地方长久地注视一幢房子，并有一种生活在这里肯定很幸福的秘密愿望。那么，那里感性的形象将会随着每根线条印在你的记忆之中。一如我，时隔多年，我还能清晰地回忆起那个窗前红色和黄色的花盆，以及二楼的木头走廊，那里晾挂着的被单内衣，像彩旗一样纷飞飘舞；回忆起那扇涂了颜色的百叶窗，蓝底上涂了黄色，当中还有小小的心型图案；还回忆起房间屋脊的木梁，上面有鹳鸟筑的小巢。真的，在我心情烦乱的时候，就会突然想起这幢房子，想到那里去住上一天。我会像一个沉醉在美梦中的人那样半梦半醒地想象着，就像别人想象一些不可能办到的事情那样。

现在不正是实现这个几乎就要消逝的旧日愿望的最好机会吗？山上那座花花绿绿的房子，那家安静惬意的旅馆，没有这个世界的那些令人讨厌的舒适设备，没有电话，没有无线电，没有访客和各种繁文缛节，这难道不是治疗过分疲劳的对症良药吗？在我把那家旅馆唤回记忆之中的那一刻，我仿佛已经闻到了山风带来的浓烈、馥郁的花香，听见了乡间悠远的牛铃的叮当脆响。单凭这些回忆，我便鼓起新的勇气，并且觉得这是我第一次精神如此亢奋。这种灵机一动的想法就这样不期而至地涌入我的脑海，这样说似乎也不对，事实上这应该是长久以来藏在我的大脑、潜入我的心底的愿望在苦苦等待许久之后得以放飞出来。我丈夫不知道我曾多少次梦见过这幢小房子，尽管它只是我多年前仅见过一次的小房子。听我这么一说，丈夫先是微微一笑，接着就鼓励我向那儿打听一下。结果让我喜出望外，因为那儿的人回答说三间客房全都空着，我可以随心所欲地选择。我心里暗想，这样更好，没有邻居，不用谈话，我就乘坐下一趟夜班车去。第二天早上，我坐在一辆乡间的单驾小马车上，我和我的小箱子一起向那座山间旅馆悠然而去。

一切都那么妙不可言，和我期望中的完全一样。房间里配备了松木制作的简单家具，光洁明亮。因为没有别的旅客，阳台就归我一个人享用了。从阳台上望去，可以看到无边无际的远方。看一眼收拾得锃亮发光的厨房，凭我家庭主妇的经验可想而知，在这里我定会得到最好的伙食。旅店女主人是一位体型干瘦的蒂罗尔女人，一头灰发的她态度很是亲切。她一再向我保证，在这里不用害怕会受到任何打扰。当然每天晚上七点钟以后，村公所书记官、宪兵队长和另外几位邻居会到旅店里来喝酒、玩纸牌和闲聊，但是这些人都很有涵养，从不大声吵嚷，而且一到十一点他们就会各自散去。星期天做完礼拜后，下午也会热闹一些，因为农庄里会有一些农民从山坡上过来，不过这丝毫不会影响到我，我待在自己房间里几乎什么也听不见。

白天的阳光好到不行，我不想待在房里浪费掉这么好的阳光。于是，我把随身带来的衣物从箱子里取出来，吃了他们给我的一块上好的乡间面包和几片冷肉，然后出门散步。沿着山路踏过草地，向上攀登，越走越高。大自然的一切在我面前一览无余，细浪翻腾的溪流在山谷里轻缓流淌，高山顶峰戴着白雪似的花环，它们和我一样自由自在。我几乎能感觉到阳光正缓缓地渗入我的毛孔。我走啊走啊，一步不停。一个钟头，两个钟头，三个钟头，一直走到阿尔卑斯山草地的最高处。我停下来，摊开四肢，全身放松地躺在柔软而温暖的青苔上，耳畔有蜜蜂的嗡嗡声传来，山风有节奏地吹拂着，一种巨大的宁静笼罩着我，这就是我向往已久的宁静生活。我惬意地闭上眼睛，沉浸在这美梦之中，丝毫没有意识到自己已陷入沉睡。直到阵阵凉意袭来，我才从梦中醒来，恍然间发觉已是黄昏时分，算起来我足足睡了五个小时。这时我才知道，我是多么疲劳，不过好在我的神经和我的血液都已感到清新。身心放松的我踏着坚定而轻快的脚步往山下走，两个小时后，我回到了小旅馆里。

远远地就看到女店主站在门口，她是见我这么久不回来，担心我迷了路。此时，我已饥肠辘辘，她提出先为我做晚餐。我已经不记得近年来何时这样饿过，所以也就非常乐意地跟她走进餐厅。这是一间低矮的房间，光线昏暗，装有木头护壁，桌上铺着红蓝方格的桌布，给人平添了一些舒适之感，此外，墙上还挂着羚羊角和交叉的步枪。蓝釉砖砌的火炉足够大，现在正处于和煦的秋日自然也就无须生火，不过有了这火炉，房间里自有一种固有的暖意。餐厅里一共四张桌子，已经坐了些客人，不过我看那些客人也很顺眼。宪兵队长、税务官和村公所书记官，正围着一张桌子玩纸牌，他们每人身边放着一杯啤酒。另一桌是几个皮肤黝黑的农民，他们看上去强壮有力，模样也有些粗野，健壮的胳膊肘支在桌子上。这些客人一如所有的蒂罗尔人一样，寡言少语，只顾着用力吸着他们瓷制的长把烟斗。看得出来，他们白天干活很是辛苦，来这里的目的也只是想休息一下，他们实在太累了，懒得思考，也懒得说话。这些农民，朴实真诚，规规矩矩，看着他们如同树木一般朴素的脸，你会感到很舒服。第三张桌旁坐着的是几个马夫，他们正小口啜饮着烈性的大麦烧酒，一声不吭。从他们无精打采的神情上看去，就能知道他们也很疲惫。

第四张桌子是用来招待我的。没过多久，一大盘烤肉就放在了桌上，若不是因为吹了山风，饿得发慌，我是连一半也吃不下去的。

饭后，我从房间里带了一本书下来，打算在这里看看书，置身在这样安静的房间里，看着这些和蔼可亲的人们，感觉很是舒服。他们在你身边既不打扰你，也不使你感到压抑。有时候门一开，一个金发男孩进来，为他的父母来取一杯酒；一个农民进来，从我身旁走过，站在柜台旁喝上一杯；一个女人走来，熟络地和女店主轻声聊天。女店主则坐在柜台后面，给她的儿子们或者孙子们补袜子。人来人往，这种悄无声息的节奏美妙极了，重点是这些往来的人不仅不会让你心烦，反而让你觉得十分舒服。在这种安逸的氛围中我感到了前所未有的畅快。

我就这样坐了下来，做梦似的，无所思想。大概在九点左右，门又被推开了。这一次与之前不同，之前那些农民进来，是慢悠悠地十分轻柔地把门推开，而这次门是用力撞开的。一个男人走了进来，他没有马上把门关上，而是直挺挺地站在门槛上，看他的样子似乎还没完全想好，是否要进来。停顿了片刻之后，他猛地一甩手把门关上，那关门的声音实在是够响。他先是环顾了一下房间，然后用低沉又厚重的声音向大家问好说："上帝祝福诸位，先生们。"他的声音里带着明显的做作，不像那些农民的问候，这使我不仅对他多了些关注。要知道，在蒂罗尔的乡村酒店里，人们问好，通常是不用城里人说的"先生们"的。事实上，这个做作的称呼看上去也没有激起餐厅里客人们的多少热情。没有人抬头看他，女店主依旧安安静静地继续补她的灰色毛袜，只有马夫那桌客人中，有人不冷不热地轻轻咕噜了一句"上帝祝福你"算是作为回答。不过这句话在蒂罗尔人口中说出来，和"见鬼去吧"则是差不多的意思。对于这个男人的奇怪之处，似乎谁都见怪不怪。可是这男人并没有因为这不友好的接待而变得手足无措。相反，他还以一种庄严的姿势，把他那顶丝毫不像农民戴的稍嫌大点儿的帽子挂在一只羚羊角上，那顶帽子的帽沿或许是常戴常脱的缘故已经磨损，他的一系列动作显得慢条斯理，一点儿也不着急。然后他挨桌打量了一番，似乎在犹豫着要在哪张餐桌入座。餐厅里没有任何一个人向他发出邀请。打牌的三个人仍旧热衷于他们的纸牌，完全不理会发生了什么。坐在条凳上的农民也一动不动，他们根本不打算挤一挤腾出个位子给这个男人。而我自己呢，已经被这个陌生人古里古怪的举止弄得很不自在了，为了避免被他打扰，我急忙拿起身边的书慢慢打开。

男人似乎没有办法了，只好迈着有些沉重的、不大灵活的脚步向柜台走去："美丽的老板娘，给我来杯啤酒，鲜美爽口的啤酒。"他说话的声音大得离谱，这种夸张的古怪声调又一次引起我的注意。蒂罗尔的乡间酒店可不是用这种文绉绉的腔调说话的地方，而这位已经做了奶奶的老实巴交的女店主身上，也没有出众的东西值得他如此奉承。和我想象的果然一样，这个夸张的称呼并没有让女店主有丝毫变化。她还是不答话，只是习惯性地拿起一个陶制的大肚子酒杯，用水洗了洗用布擦干后，从桶里接满了一杯酒——不算不客气，但确实又有些无动于衷的样子——隔着柜台，女店主把酒杯推到男人面前。

柜台前面那盏挂在链子上的圆形煤油灯，恰好悬在他的头上，这使我有机会更为仔细地打量这个奇特的男人。他看上去大概六十五岁的样子，身材已经发福。他一进门的时候我就注意到，他走路拖着脚步，看上去有些笨重。作为一个医生的妻子，我是有些经验的。我猜想他这种步态的原因，想必是由中风所致，这是半身不遂的症状。我的猜想也是有所依据的，因为他的嘴歪向一边，左眼的上眼皮明显的松垂，这使得他的脸带有一种扭曲的痛苦神情。再仔细看，他的服装也与这里的居民十分不同，乡下的农民一般穿的是短上衣和皮裤，而他穿的则是一条松松垮垮的黄色长裤，又或许这曾是白色的也未可知。还有他的上衣，显然与他宽大的身材不符，而且肘部已经磨得发亮，看上去随时都有破裂的危险。一根黑绳子似的领带系得歪歪扭扭，从他那肥胖、变粗的脖子上垂了下来。当然，他这身装束一看就透着一种落魄潦倒，不过仔细分析可以想象得到，他也许曾气宇轩昂过。他面相不错，天庭饱满，头发浓密但有些蓬乱，颇有点慑人的威仪，只是浓重的眉毛下面却显出衰颓的迹象——他的眼发红，下面是一双浑浊的眼睛，面颊松弛满是皱纹，一层层垂落到粗大的脖颈上，尽显老色。他的这副模样不禁使我想起曾经在意大利看见过的那张罗马帝国后期皇帝的面具，那是某位帝国沦亡时期的皇帝。

在最初的那一瞬间，我也不清楚这样强烈地吸引我如此专注地观察他的原因到底是什么，所以在第一时间我便提醒自己，千万要小心谨慎，不要向他暴露自己的好奇。因为显然，他已经迫不及待地想要找人聊天了，好像有什么东西在驱使着他，让他说话。他的手微微发抖，刚把酒杯举起来喝了一口，就开始大声发表意见："啊……真是奇妙，妙不可言。"说着他环顾四周，不过并没有人搭理他。玩牌的人洗牌分牌，其余的人吸着烟斗，大家似乎都认得他，对他的举动早已习以为常。

最后他有些憋不住了。他拿起杯子，走向那张农民们坐的桌子旁边："先生们，请给我这把老骨头腾点位子吧。"农民们在条凳上相互挤了一挤，对他并无过多的注意。一时间，他不吭声了，只是把半满的杯子往前往后交替地挪动。我再次看见他的手指在挪动时发着抖。最后他把身子往后一靠，又开始说话，而且说得很大声，不过我实在看不出来，他在跟谁说话，因为他身边的那两个农民已经十分明显地表现出了反感，他们不愿和他打交道。我想他大概是冲着大家说话。他说话——我立刻感觉到——就只是为了说话，就只是为了说给自己听。

　　"今天这件事，"他开口说道，"伯爵先生也是一番好意，不错，是一番好意，这没说的。他乘坐汽车在街上遇到我，停了下来，是的，因为我的原因他把车停了下来。他说他和孩子们乘车下山到波岑去看电影，问我有没有兴趣跟他们一起去——他可真是个高雅的绅士，有涵养、有文化、懂得赞扬别人。对这样的人真是无法拒绝。再者我也明白如何做才得体，我便答应了一起去，当然我是坐在后座上，就坐在伯爵先生的旁边，能跟这样一位先生同车，这可是一件非常荣幸的事情。就这样我跟随着他一起来到位于主要大街上的那家电影院。真是太气派了，好多广告，好多电灯，就像举行教堂落成典礼似的。好吧，干嘛不去看看英国人或者大洋彼岸的美国人弄的那些玩意呢，他们可是花了大钱为我们拍片子。他们竟然说电影这玩意也是一种艺术，呸，让他们见鬼去吧。"他说着狠狠地吐了一口唾沫，"不错，我说了，见鬼去吧。他们搬上荧幕的简直就是垃圾！这对艺术来说是耻辱，是对拥有莎士比亚和歌德的这个世界的耻辱！一上来就是一些花花绿绿的畜生搞的五颜六色的杂拌，天晓得这有多么愚蠢，好，我不说什么，也许孩子们很感兴趣呢，反正对谁也没有害处。可是接下来他们演了一场《罗密欧与朱丽叶》。这玩意应该禁演，以艺术的名义禁止它上演。那些所谓的诗句，听上去，就像是从火炉的烟窗里发出的尖锐叫喊，天哪，这可是莎士比亚神圣的诗句啊。全剧弄得花哨轻浮，庸俗不堪！这就是用最纯净的金子制造出的一堆狗屎，没错，就是一堆狗屎！是我们这号人不得不生活的这样一个时代！唉，要不是因为伯爵先生在场，我真就跳起来拔腿跑了，因为毕竟是他邀请我去的。"

他拿起杯子，又喝了一大口，随即把杯子往桌子上使劲一放，发出一声巨响。现在他说话的声音很大，几乎是在叫骂。"这就是现在的演员演出的东西——为了几个钱，为了这几个应该被诅咒的钱，他们把莎士比亚的伟大诗句吐到机器里，把艺术糟蹋得不像样子。如此我岂不应该赞美街上的每一个婊子了！我应该对婊子比对这些猴子更加尊敬才是。这些猴子不知羞耻地把它们光滑的脸蛋放大数倍，钉在广告牌上。他们对艺术犯下了罪行，还把几百万几百万的金钱捞进腰包。他们糟蹋了语言，生动的语言，他们不去教育民众、教诲青年，却冲着没有感情的机器大声吼叫莎士比亚的诗句。席勒曾经把剧院当作道德学校，可是席勒现在已经没有威严了，今天什么都没有威严了，只有钱——那该诅咒的钱——才是威严的所在，还有他们利用一切为自己做的广告，此外任何东西都已不作数了。生活在这个时代谁要是不精于此道，就活该死掉。可是我，宁可饿死也不屑如此。对我来说，谁如果把自己出卖给这个该被诅咒的好莱坞，就该上绞架！上绞架！上绞架！"

他大声嚷嚷着，情绪很激动，甚至挥着拳头猛砸桌子。玩牌的那桌客人中，有人不耐烦地说道："见鬼去吧，你给我闭嘴！听你白痴一样的胡扯，我都不知道该打什么牌了！"

男人猛地一抽搐，仿佛要回敬一句什么，一种强烈而激愤的光芒从他那已经失去光辉的眼睛里刹那间闪出。可是随后，他又做出一个不屑于此的动作，大概意思是，如果回敬他们会有失身份。两个农民照旧吸着烟斗不闻不问，男人则用茫然的眼睛默默瞪着前方，他沉默了下来，神情迟钝而沉重。我仿佛看得出，他强迫自己不予理会已不是第一次了。

男人的表现令我大吃一惊，我的心不禁剧烈地跳动起来，仿佛在这个受到屈辱的人身上，我看到了令我激动不已的东西。立刻，我对他有了新的认识，他以往想必是个很有身份的人物，出于某种原因——也许是由于酗酒——落魄到这般境地。我简直吓坏了，生怕他或者别人会因此大打出手。因为从他进门，从我听见他声音的那个瞬间开始，他身上有什么东西——具体我也不知道是什么——使我忐忑不安。结果显然是我多虑了，什么事也没发生。他保持着他的安静，头垂得更低，双目依旧直瞪着前方。我好像看到，他在低声对自己喃喃自语地说些什么，大家继续进行着各自的事情，谁也不再注意他。

就在这个时候，女店主从柜台旁站了起来，进到厨房里去取什么东西。我趁机跟她走进厨房，向她询问那个男人的事情。"唉，"她的语气很是平和，"他是个可怜的人，住在这儿的穷人院里。我每天晚上施舍一杯啤酒给他喝。他自己没有钱买酒。不过这个人倒是不简单，听说他从前曾经在什么地方当过演员，不过大伙儿不大相信他曾经是个人物，对他也就不大尊敬，这让他很沮丧。有时候也会有人站出来跟他开个玩笑，要他给大伙朗诵点什么。他似乎并不介意这样的玩笑，真就一口气说上个把钟头，不过他说的那些大伙谁也听不懂。有时候大伙送他一袋烟，请他再喝一杯啤酒。但如果遇到大伙嘲笑他，他也会大发脾气，所以有时候还是得对他小心一些。不过，一直以来他倒是没有伤害过任何人，两三杯啤酒下肚，他就乐得不得了——唉，他真是个可怜的家伙，这个老彼得。"

"什么，您说他叫什么名字？"我非常吃惊地问道，不过我自己也没弄清楚，为什么我会大吃一惊。

"他叫彼得·斯图尔岑塔勒，他的父亲曾经是这村里的一个伐木工人，所以大伙儿才把他收留在村里的穷人院里。"

亲爱的，你能想象得到我这样吃惊的原因吗，在得知男人的名字之后，我立刻明白了这难以想象的事情。这个彼得·斯图尔岑塔勒，这个落魄潦倒、沦落到穷人院里的醉酒的老人不是别人，就是我们青春时期的偶像，我们睡梦中的主人啊。他就是彼得·斯图尔茨，我们市立剧院的演员和那时期万千少女的头号情人，对于我们来说，他曾经是崇高和典雅的化身。你知道这事——我们两个，作为少女，还是半大不小的孩子，曾经这样如醉如狂地崇拜过他，这样疯疯癫癫地迷恋过他。显然我终于明白了为什么他在酒吧里刚说第一句话，我心里就有什么东西立刻被点燃起来。我没有认出他来——戴着这张不堪的面具，面目全非，穷困潦倒，我怎么可能认出他来——但是他的声音里还有些东西，能炸开瓦砾，让人进入那掩埋已久的回忆。你还记得我们第一次见到他时的情景吗？他受到聘请，从一个不知名的外省小城来到我们因斯布鲁克的市立剧院演戏，碰巧我们的父母允许我们去看他的首场演出。那天演的是出古典名剧，格里尔派策的《萨福》，他演的是法翁，那个使萨福心乱神迷的俊美少年，可是等他登上舞台，我们自己竟也心乱神迷了。那天他穿了一身希腊服装，一顶美丽的花冠戴在他浓密的深色头发上，看过去俨然是阿波罗的化身。他还没有开口说出第一句台词，我们就激动得浑身哆嗦，互相紧握着手。在这满是小市民和农民的城市里，我们还从来没有见过这样一个男人。我们在最高一层楼的座位里看不清他的化妆和服装，这个外省小演员在我们眼里就像是上帝派到人间来的高贵和典雅的象征。我们小小的傻里傻气的心儿在我们年轻的胸中突突直跳；我们着了魔，在我们离开剧院时，已和原来判若两人。既然我们是知心朋友，不想损害我们的友谊，便互相发誓，一同去爱他，一同去崇拜他。荒唐的事情就从这一刻开始了。对我俩来说，再也没有任何事情比他更为重要，学校里、家里、整个城市里所发生的一切，都与他有着神秘的联系。至于其他的，对我们而言都已平淡无奇。书籍对我们已经丧失了诱惑力，我们只想在他的语言里寻找音乐。有那么几个月之久，我们不谈别的，只谈论他、议论他。每一天的话题都从他开始，我们飞步跑下楼梯，一定要在父母看报之前把报纸抢到手里，为的是知道他要演什么角色，以及阅读评论他的文章。在我们看来，所有文章里的褒扬对他来说都嫌不足，倘若发现有一句话对他不那么友好，我们便觉得绝望之极。如果另一个演员受到赞扬，我们就对那人深恶痛绝。唉，我们当时干的傻事实在太多，我现在想出的远远不及其中的千分之一。

我们知道，他什么时候出门，要到哪儿去；我们知道，他跟谁说话，我们嫉妒每一个可以陪他逛马路的人。我们认得他佩戴的领带，他拿的手杖。我们不仅把他的照片藏在家里，也藏在我们包教科书的书皮里。这样我们就能在上课的时候，还能不时地悄悄瞄上一眼。我们发明了一种我们自己的手语，这样即使在上课的时候我们也能从各自的位子上得到彼此的讯号——我们在想念他。我们把手指举到额上，就意味着："我在想他。"如果朗诵诗歌，我们就情不自禁地用他的声调来高声朗读，直到今天如果我看到或听到一些他当时演出过的剧本，我的耳边响起的便只有他的声调，而不可能是别人的。我们在舞台出口处等他，一路悄悄地尾随着他。我们站在他坐的那间咖啡厅对面的一个门廊里，一动不动地观看他在那里看报。我们对他如此崇拜，以致那两年里，我们从来不敢跟他攀谈或者借机和他相识。我们也不像其他那些对他着迷的姑娘那样大方，去求他签名。是的，那些姑娘甚至敢在街上向他问好，而我们却从来没有这样做的勇气。可是有一次，他扔掉一个烟头，我们把它拣起来像圣物似的分成两半，然后各自拿了自己的那一半庄重地收藏。这种孩子气的偶像崇拜也泛滥地波及到与他有关的一切事物。我们非常羡慕他年老的女管家，因为她可以每日侍候他、照顾他，所谓爱屋及乌，于是她也成了一个值得我们崇敬的人物。有一次，她去市场采购，我们就提出帮她拎篮子。她温和地夸赞了我们一句，我们便觉欣喜无比。唉，我们这两个孩子，为了这个彼得·施图尔茨，几乎做尽了傻事！而他对此却一无所知。

如今我们已经上了年纪，也都变得足够理智，也许很容易把这些举动看成发育期的小姑娘常做的傻事而报以轻蔑的微笑，可是我不能欺瞒我自己，这种痴迷状态在当时已经变得相当危险。我甚至开始相信，我们对他的迷恋之所以会这样夸大和荒唐，是因为我们这两个傻孩子曾经互相发誓，一同去爱他。这就决定了我们彼此都在较着劲。我们每天不断地互相督促，极力去发现一些新的证据，以此来证明我们一刻也没忘记我们梦中的这位神明。我们和其他的女孩子不同，她们偶尔也会对有姣好脸蛋的男孩子着迷，玩些幼稚天真的游戏；可我们却把一切感情和一切热情全都倾注在这一个人身上。在那激情如火的两年里，我们的一切思想全都集中在了他一个人身上。有时候我也觉得奇怪，有过那么一段疯狂的经历后，后来的我们居然还能以清醒、坚定和健康的爱去爱我们的丈夫、我们的孩子，我们居然没有把我们的热情、我们的能量尽数耗在这无谓的崇拜之中。但是，不管怎么说，那段时间里的荒唐并不是可耻的。因为多亏这个人，我们得以生活在对艺术的激情之中，在我们的荒唐行径中毕竟还有一种向着更崇高、更纯洁、更美好的境界进取的冲动，而这个境界则恰好体现在他身上。

所有这一切都以如此可怕的方式变得遥远了，一切记忆也早已被琐碎的生活和情感所掩盖。可是当女店主向我说出他的名字的时候，我还是大吃了一惊。不过她没有看出我的惊诧，这真是个奇迹。当年我们只看到他置身于观众无比崇拜的光环之中，把他当作青春和美好的象征，并那般疯狂地热爱过。如今再见，他却沦落成乞丐，沦落成接受施舍的人，他被粗野的农民所嘲笑，年迈苍老，疲惫不堪，他甚至并不为自己的沉沦感到羞耻，这对我而言简直是天大的意外。我没法再转身回到餐厅里去，我怕我看见他会忍不住流下眼泪，或者会不受控制地在他面前暴露我自己。于是我上楼回到房间，我得先安抚一下那受惊的情绪，再好好回忆一下，这个人对于我的青春时代曾经意味着什么。人的心就是这样奇怪：这么多年里，这个人一次也没有在我的记忆中出现过，这个曾控制过我整个思想、充满我整个灵魂的人，可能到死去的那天我也不会再记起的这个人。我在房间里，摸黑坐着，没有点灯，想尽办法去回忆和他有关的所有细节，回忆开头，回忆结尾。一下子我又走进了那段早已逝去的旧日时光。我自己的身体，已经育有子女并有了外孙的身体，仿佛又变成了记忆里那个少女的身体，瘦瘦小小，尚未完全发育。我的心开始怦怦直跳，直到睡觉前我还坐在床上思念着他，一如曾经疯狂热爱他的那个少女一般。我的双手不由自主地发热，随后便发生了一件叫我自己感到震惊的事情，我简直无法向你描述。突然间，一阵寒意透过我的全身，似乎有什么东西震撼了我的内心。

开始，我也不知道是什么，一个思想，一个特定的思想，一种特定的回忆控制了我，它们让我回忆起这么多年来我一直不愿回忆的一件往事。就在女主人提到他的姓名的那一瞬间，我感觉到，有什么东西，有什么我不愿回忆的事情在压迫着、挤压着我的心，就像维也纳的弗洛伊德教授说的，我想"排挤出去"的东西——远远地排挤到我心灵深处，因为太深了，所以多年来便真的把它忘得一干二净，那深埋在内心最深处的秘密，人们固执地甚至对自己都加以隐瞒的秘密。当年我就是对你也隐瞒了这样的秘密，可我曾经向你承诺过，把有关他的事情全都告诉你。如今这个秘密倏地苏醒了，就在我眼前。那些如今该轮到我们的儿女们，不久该轮到我们的孙子们去干的傻事，我现在才能向你承认，当年在我和这个人之间曾经发生了什么事情。

现在，我可以坦白地向你吐露这个埋在我内心最深处的秘密。这个陌生男人，这个年迈渺小、彻底崩溃、潦倒不堪、为了一杯啤酒给农民们朗诵诗歌，被他们揶揄嘲笑的乞丐，就是这样的一个男人，爱伦，却曾在一个危险的时刻，把我全部生命掌握在他手里。我的一生取决于他，全凭他随心所欲地摆布。如果没有他，我的这些孩子有可能不会出生，我今天不知会在哪里，又会是个什么样的人，而今天写信给你的这个女人，你的这个最最亲密的女友，或许会成为一个不幸的女人，和他如今的样子一般，被生活碾得粉碎、踩得稀烂。或许，你会觉得我这些话言过其实。其实，在我当时自己也没有理解，我的处境有多么危险，但是今天我清楚看到了，彻底懂得了我当时所不懂的事情。今天我才发现，我欠这个已经被我遗忘了的陌生人的情意有多么深重。

我愿尽可能详尽地把这件事的来龙去脉告诉你。你还记得吗，你当时正好快满十六岁，你的父亲突然调离因斯布鲁克。我现在还能清楚地记得，你当时如何绝望地冲到我的房间里啜泣不已，你不得不离开我，不得不离开他。我不知道，这两件事哪一件更令你难过。我几乎以为，你再也见不到他，见不到这个我们青春时期的神明。我也明白如果没有他，对你来说，生活也就不能成为生活了。我当时不得不向你发誓，一定把有关他的一切事情全都向你通报，我答应每个礼拜，哦不，每天都给你写信，写整整一本日记。在很长一段时间内，我忠实地履行着我的承诺。对我来说，你的离开是个沉重的打击，因为再没有人听我倾诉满腹心事，以及那些荒唐的行径。

但是，话说回来，我毕竟还有他，我还能看见他，从某种意义上讲，他还是属于我的。这于我而言是痛苦中的小小快乐。可是不久，就发生了——你也许还记得——那个事件。关于这件事，我们只是模糊地知道个大概。据说，施图尔茨向剧院经理的夫人献殷勤——至少后来人家是这样告诉我的——于是发生了一场激烈的争吵，之后他就被解聘了。当时为了给他面子，才允许他最后一次登台。剧院方面只让他再上台演出一次，如此一来说不定连我也是最后一次看见他了。

如今回想起来，我一生中再没有比宣布彼得·施图尔茨最后一次演出的那一天更悲惨的了，我简直像生了一场大病。没有人分担我的绝望，没有人听我吐露心声。学校里的老师们也只是看到我脸色灰白，神情恍惚。在家里我变得心情恶劣、脾气暴躁，父亲对我的反常举动其实一无所知，但到底还是被我惹得发起火来，他不许我上剧院，以此来惩戒我。我向他苦苦哀求，可这过于激烈和冲动的哀求，并没有博得父亲的怜惜，反而把一切弄得更糟，因为这时就连我母亲也开始反对我了：她说若不是看戏的次数过于频繁，我也不会弄成这个样子，她命令我必须待在家里。就这一刻，我突然对我的父母有了恨意——是的，这一天，我的思维已经混乱了，我是这样的疯狂，我恨他们，简直不愿再看见他们。我把自己关在房里，一心想死，那种突如其来的，危机四伏的忧郁向我袭来。这种忧郁情绪对一些年轻人来说是相当危险的。我呆呆地坐在小沙发里，没有吵闹，没有哭泣——我太绝望了，所以欲哭无泪。我的内心世界几乎天翻地覆了，忽而冷得像冰，忽而又热得似火。我从一个房间到另一个房间来回奔跑，我打开窗户，凝视着窗下的院子，四层楼高，我目测了一下高度，心想要不要纵身跳下去。与此同时，我不停地看向钟表：才三点，戏是七点开演，这是他最后一次演出，别人会围着他欢呼，可我却听不到他的声音，也看不见他的样子，突然我再也按捺不住内心的迫切。父母虽说不许我出门，但此刻他们的禁令对我来说已毫无威慑力。想到这里，我拔腿就跑，跟谁也没打招呼。我跑下楼梯，跑上大街，却不知道到哪儿去。我不知道自己究竟想要怎样，只是心里有某种乱糟糟的设想，想跳河淹死，或者干出其他什么荒唐的事情。没有他，我绝不想再活了，可我又不知道该怎样结束自己的生命。我只好满街乱跑，我想这时候如果有朋友叫我，我也是不会理会的吧。我对一切都无所谓。这个世界对我来说，除了他，任何人都不复存在。突然，我不知道怎么会发生这样的事，我竟然在他的房子前面停了下来。还记得吧，我俩曾经常在对面的门洞里等着，看他是否回家，或者抬头仰望他家的窗户。我就这样毫无准备地来到了这里，也许是那混乱不堪的希望无意识地驱使我来到这里，只为能碰巧见他一面。但是他没有来，十几个不相干的人，邮差啦、木匠啦、市场上的一个胖乎乎的女店员啦，他们进出这幢房子，胡同里还有好几百个毫不相干的人匆匆来去，可他不在，他不在这里。

事情后来怎么发生的，我已不太记得了，只觉得有什么东西在驱使我到对面去。我跑过马路，沿着他那房子的楼梯，一口气跑上三楼，一直跑到他寓所的门前。我当时就像着了魔似的，只想接近他，只想更接近他！只想再跟他说些什么，尽管我自己也不知道想说些什么。这一切完全发生在一种疯狂的状态之中，我自己都讲不清为什么会这样。我不顾一切地奔跑，为的就是把所有的顾虑全都抛掉。我已经——我还没有喘过气来——我已经摁响了门铃。直到今天，我还能听见那尖锐刺耳的铃声。铃声过后是漫长的完完全全的寂静，寂静中我那颗突然清醒过来的心开始紧张地跳动。终于我听见屋里有脚步声传来，沉重坚定、神气活现的脚步声，就像我在剧院里所熟悉的那种。这一瞬间我恢复了知觉，我想从门前逃走，可恐慌的我已经浑身发僵，双脚好像瘫了似的不听一点儿的使唤，而我那颗小小的心脏也像是停止了跳动。

房门打开了，他诧异地看着我。我不知道，他到底是不是认识我或者认出了我。大街上，那么多崇拜他的正值青春期的少男少女，一堆一堆地围着他拥来拥去，而我们两个，明明是最爱他的，却总是太过羞怯，看见他更是唯恐避之不及。这一次我也是低着头站在他的面前，不敢抬头看他。他等着，似乎在等待着说出一些什么事情，他显然是把我当作给哪家商店跑腿的小女孩，要传递什么消息给他："怎么啦，我的孩子，有什么事？"最后他看着我，用他那充满磁性的声音鼓励我说。

我结结巴巴地说道："我只想……可是我不能在这儿说……"我说着就这样停住了。

他关切地点点头，对我说了一句："好吧，你进来吧，我的孩子，出什么事了？"

我跟着他走进房间。这是一间很宽敞的房间，陈设简单，看上去有些零乱不堪：画像已从墙上取下，箱子东一个西一个，衣物装了一半。"好，那就说吧……你是从谁那儿来的？"他又问道。

突然之间，滚烫的泪水从我的眼眶里汩汩流出，一些未经准备的话夺口而出："请您，请您留在这儿……请您，请您别走……留在我们这儿。"

他听了，不由自主地往后退了一步。他的双眉扬了起来，一道深刻的纹路深深印在他的唇边。我似乎能感觉到他的思想，或许他会以为又是一个咄咄逼人的女性崇拜者来骚扰他。我开始担心他会粗暴地训我一顿，他当然没有呵斥我，或许是我身上有什么东西激起了他的怜悯，使他同情我的孩子气的绝望心情。他走到我跟前，十分柔和地抚摸了一下我的手臂，"亲爱的孩子，"他对我说道，就像一个老师在对他的学生说话，"我离开这里，并不取决于我自己。现在这已是无法改变的事实。你今天能来跟我说这番话，实在是很令我感动。像我们做演员的演戏是为了谁？不就是为了青年吗？能够成为年轻人的知音，对我而言始终是一件值得庆幸的事。但现在决定已经做出，我已无法改变。好吧，就像刚才说的，"他说着往后退了一步，继续说道，"你来跟我说这番话，这的的确确是你的一番好意。我谢谢你，并希望你能继续对我怀有好感，也希望你们大家对我永远怀有亲切美好的回忆。"

我明白，他这是和我告别。可正是这告别使我倍感绝望。"不，请您留在这里。"我抽泣着向他大嚷起来，"看在上帝的分上，请您留在这里吧……我……没有您我会活不下去。"

"你这孩子。"他想安慰我,可是我紧紧地搂住他,用我的双臂紧紧地抱住他。可在这之前,我还从来没有勇气,哪怕去碰一碰他的外套呢。"不,请您别走。"我绝望地啜泣不已,"别让我一个人留下!请您把我一起带走。不论到哪儿去,我都跟您走……直到天涯海角……您想把我怎么样,都随您……只要您不离开我。"

我不知道,在当时那种绝望之中我还跟他说了些什么荒唐话。我紧紧地贴着他,仿佛只有这样才可以把他拉住,却丝毫没有意识到,我这般近乎疯狂的举动,使我自己陷进了多么危险的境地。因为你也知道,我们当时有多么天真无邪,肉体之爱对我们来说,还是一个多么陌生的事情。但是,不管怎么说,我是一个年轻的姑娘,而且——今天我大概可以这么说——是一个相当可人的漂亮姑娘,走在街上,会有男人回过头来看我。他是一个男人,正值三十七八岁的壮年,他当时对我完全可以想怎么干就怎么干。我的的确确会顺从他,他不论想怎样摆布我,我都不会反抗。当时在他的寓所里,他完全可以利用我的不理智,对他来说,这不过是逢场作戏。在我还没清醒之前,我的命运被他掌握在手里。倘若他卑劣地利用我孩子气的急迫心情,屈服于他自己的虚荣心,放任他自己的欲望,抵御不了这强烈的诱惑，天晓得，我会变成什么样子——今天我才知道，当时我是处于怎样危险的境地。我现在感觉到，有一个瞬间，他似乎把持不住自己了。他让我的身体紧贴在他身上，并且靠近我颤抖的嘴唇。但最终，他没有，他慢慢地把我推开。"等一等。"他说道，几乎是使劲挣脱自己，转身向着另一扇门喊道："基尔歇太太！"

我吓得要命，出于本能地想要逃跑。莫非他想在这个老太太，他的女管家面前羞辱我？当着她的面把我嘲笑一番？这时女管家已经走了进来，他转过身对她说道："您想想，基尔歇太太。这真是一番美意。"他对她说，"这位年轻的小姐特地来看望我，并以全校的名义向我转达衷心的临别问候。这难道不令人感动？"他说完又转过脸来冲着我，"是的，也请您代表我向大家表示最真诚的感谢吧。能受到青年的欢迎，对我而言也就拥有了世界上最美好的东西。我一直认为我们演员这个职业的美好之处就在这里。只有像你们这样美好的年纪才会对美怀有感激之情。是的，只有青年才如此。亲爱的小姐，你今天的到来给我带来了极大的快乐，我将永远铭记你的这番好意。"说着他握住了我的双手，"永远不会忘记。"

我停止了流泪，他没有让我羞愧得无地自容，也没有使我蒙受屈辱。甚至，他还用他的善良和温和替我分担窘迫，因为他转身过去接着对女管家说："要不是我们有这么多事要做，我多么想和这位可爱的小姐再多聊一会儿。这样吧，请您送她下楼，一直送到门口，亲爱的小姐，愿您万事如意，再见！"

后来我才明白，他为我想得有多么周到。他派女管家一直送我到门口，是为了爱护我，为了保护我。在这小城里我也是有头有脸的，如果让哪个坏蛋看见我这么一个年轻姑娘独自一人从名演员的家里溜出来，肯定会乱泼脏水。什么事情会对我构成危险，这个陌生人比我这孩子更加清楚。他保护我，避免让我因为年轻和少不更事而受到伤害——时隔二十五年，我现在似乎对这件看得更加清楚。

一年一年，岁月流逝，所有这一切我都已经遗忘，亲爱的朋友，这不是很不应该也很令人羞愧的事吗，这也是因为我羞愧至极才会一心想要忘却这一切的啊。我从内心深处，从来也没有感激过这个人，在那之后，也再没有打听过他，没有打听过那天下午手里掌握着我的一生，掌握着我的命运的这个人。现在这个人就坐在楼下，面前放着一杯啤酒，他沦落成了一个彻底失败、潦倒不堪的废人、乞丐，他是众人的笑柄，除了我，这里没有人知道他是谁，或者他曾经是谁。只有我知道，说不定在这个世界上，我是唯一还记得起他姓名的人。我欠他的太多，现在我也许有机会可以有所偿还了。想到这里，我的心平静下来，它不再怦怦直跳，不再恐慌惊惧，如果还有一丝别的情绪的话，那我也只有羞愧，我竟然会这样长久地忘却他，忘却他为我做的一切，这对他该是多么的不公平。这个陌生人在我一生最关键的时刻，用他的高尚救赎了我。

于是，我再次走进餐厅，从时间上看，大概只过去了十分钟，什么也没有改变。打牌的在继续打牌，女店主在柜台里依旧缝着什么东西，几个农民略带困意地抽着他们的烟斗。他还是坐在他的位子上，没有改变姿势，面前放着的啤酒杯已经空了，他依旧直愣愣地望着前方。这一次我才注意到，在这张神情困惑的脸上布满了多少悲哀，一双浑浊的眼睛躲在沉重的眼皮底下，目光呆滞，因为中风而歪向一边的嘴巴，显出痛苦而阴郁的神情。他就那么落寞地坐着，双肘支在桌上，支撑着他向前倾的头用来抵御倦意，这倦意不是瞌睡引起的困倦，而是对人生深深的疲倦。没人和他说话，没人理会他。他坐着，就像一只羽毛剥落的灰色大鸟，蹲在笼子里的暗处，也许此刻他正回忆着自己曾展翅飞翔，翱翔天空的自由和激情。

这时，门又开了，又有三个农民迈着沉重拖沓的脚步走了进来。他们要了啤酒，然后环顾四周寻找座位。"去，靠边去！"其中一位农民态度粗暴地向他发号施令。可怜的

施图尔茨抬起眼来直勾勾地望着那位农民。我发现，他的
神情里是有愤怒的，人们对他使用的这种粗暴的轻蔑态度，
让他倍感羞辱，可是那种愤怒的神情稍纵即逝，他看上去
已经疲惫不堪，也饱受过太多屈辱，他已经放弃了自卫或
者争吵。所以他默默地向旁边挪动了一下，同时也把他的
空酒杯推到一边。女店主给这三个人端上来酒。我看见他
用贪婪的目光如饥似渴地望着别人杯子里的酒，但熟视无
睹的女店主并未回应他那无声的请求。人家施舍给他的那
一份他已经得到，他还不走，那是他自己的过错。我看见
他再也没有力气进行反抗，心里竟觉得酸酸的，想着他这
把年纪，不知道还会受到多少屈辱和难堪啊！

就这一瞬间，我的脑海里猛地闪过一个念头，令我豁
然开朗。我不可能给他什么真正的帮助，这我知道。我不
可能令他，令这个已经颓废不堪，意志消沉的人再焕发青
春，但是我或许能够多多少少的给他一些保护，使他不再
遭受被人耻笑的痛苦，我甚至还能帮助这个已被死神之笔
画了记号的人，在他最后的生命里，在这偏僻的村子里为
他挽回一些声誉。

于是我站起身，以一种相当夸张的方式走向他的桌子，
走向被挤在农民当中的他。那些农民看见我走过去都立刻
抬起头来，他们的眼神里满是诧异。我对他说："不知我可

有幸和宫廷演员施图尔茨先生谈谈话？"

他怵然一惊，好像被电击透了全身，就连他左眼上面沉重的眼皮也抬了起来，他凝视着我。他显然很惊讶，竟然有人用他过去的姓氏称呼他，在这个偏僻的山村可是没有一个人知道他这个姓的，除了他自己，所有的人都早已忘记了这个姓。而我呢，甚至称他宫廷演员，实际上他从来没有当过宫廷演员。这个意外实在过于强烈，他甚至没有力气站起身来。他的目光渐渐地变得游移不定，我想他或许会以为这也是一个早有预谋的玩笑。

"没错……这是……这是我过去的姓。"

我迎着他的目光向他伸出手去："啊，那我太高兴了……我深感荣幸。"我故意大声地说，因为我知道现在必须要大胆地撒谎，为了让他人对他表示敬意，为了不再让他饱受屈辱，"虽说我从未有幸欣赏您在舞台上的演出，但是我先生一再向我谈起您。他在中学时代，常常上剧院看您演出，我想，那是在因斯布鲁克……"

"是的，是在因斯布鲁克，我在那儿待了两年。"他脸上的表情突然变得活跃起来，同时他也发现，我丝毫没有嘲笑他的意思。

"尊敬的宫廷演员先生，您也许无法想象，他和我谈您谈了多少次，我对您的情况知道得多么详尽！啊，我明天一定要写信告诉他，说我有幸在这里遇见您，他一定会对我羡慕不已。您一定想象不到，直到今天他还崇拜着您。不，他常常对我说，谁也无法和您扮演的波萨侯爵相匹敌，连凯因茨也不行，谁也不能和您演的马克斯·彼柯洛米尼、莱昂德尔相提并论。我想，那一次我丈夫之所以特地赶到莱比锡去，就是为了看您登台演出，可是那时候他又没有勇气和您打招呼。不过您那个时期的照片他还都保存着，我真希望您能光临寒舍，看看这些照片保管得多么精心。能多听到一些您的消息，我先生一定会欣喜若狂的。或许您可以帮我个忙，给我随便说点什么，等我回去之后好把这些事都告诉他……我只是不知道，这样会不会打扰到您。或者你如果不介意，我想邀请您坐到我这张桌子上去。"

坐在他旁边的那几个农民仰起头直盯着我，不由自主地恭恭敬敬地挪到旁边。我看到，他们有些忐忑不安，有些感到羞愧。在这之前他们一直把这个老人当作一个乞丐对待，有时赏他一杯啤酒喝喝，跟他开开玩笑。而我，一个陌生女人，对待他的态度却是这般尊敬，他们第一次心生怀疑，没准这个老人真是个人物，别人在外面认识他，甚至崇拜他，这使他们感到不安。我故意用恭敬的语气请求和他谈话，就像乞求莫大的荣耀一般，很显然，这种语气开始发挥作用。"喂，那就去吧。"他旁边的农民催他道。

他站起来，好像刚从梦中醒来一样，摇摇晃晃地站立起来。"很乐意……乐意。"他结结巴巴地说道。我发现他在使劲压抑他激动万分的情绪，他这个老演员此刻正在和自己搏斗，不要在别人面前表露出他是多么感到意外，他是如何笨拙地努力装出若无其事的样子，他要摆出一副在剧院里那种潇洒而有尊严的样子，就仿佛这种邀请和欣赏对他来说纯粹是司空见惯的事情。就这样，他慢吞吞地踱到我的桌旁。

"请上一瓶葡萄酒，为了对宫廷演员先生表示我的敬意，请来瓶上等名酒。"我说得很大声，尽量让声音洪亮些。现在连在牌桌旁打牌的人也抬起头来看向我们这边，他们开始窃窃私语。他们的施图尔岑塔勒，居然是个宫廷演员，是个名人？既然这个从大城市来的陌生女人对他这样尊敬，他身上想必真有点令人赞赏的东西。年老的女店主把酒杯放在他的面前，姿势毕恭毕敬，和先前判若两人。

接下来的一个小时对他对我都奇妙无比。

我把我所知道的关于他的情况说给他听。我假装这些事情都是我丈夫告诉我的。我知道他扮演的每一个角色，知道那位评论家的姓名，知道这个评论家写的每一行关于他的评论。他简直惊讶极了。譬如有一次莫阿西前来客座演出，这位大名鼎鼎的莫阿西拒绝独自一人到台前谢幕，便把他拉着一同上台，到了晚上还建议和他像兄弟似的以"你"相称。他一再的表示惊讶，就像一个刚从梦中醒来的人一般："这个您也知道！"他早就以为自己已被人遗忘、被人埋葬了，现在竟然有人伸过来一只手，敲敲他的棺材，并把他从棺材里一把拉出来，杜撰一些他实际上从未拥有过的荣誉。既然自我欺骗是人之常情，他也就相信他在这个世界里确实曾获得过这些荣誉，而且对此深信不疑。"唉，这个您也知道，可我自己却已经把它忘得一干二净了。"他一个劲地嗫嚅着说。我发现，他必须拼命用力，才不至于泄露他内心的感动；有两三次我发现他从上衣口袋里掏出他那块脏兮兮的手绢，转过脸去擦鼻涕，而实际上他却是以最快的速度擦去顺着他憔悴不堪的脸庞滑下的眼泪。这个发现令我动容，看到我能使他高兴，看到这个病魔缠身的老人在死之前能够再次感到幸福，我整颗心都颤抖了。

在一种忘情狂喜的状态中我们就这样一直坐到夜里十一点，然后，那位宪兵队长非常谦虚地走过来，彬彬有礼地提醒我们，现在到了戒严时分。老人听了显然大吃一惊，难道天上的奇迹真的会在人间发生？他恨不得再坐上几个小时。听别人讲述和他相关的事情，这样他可以继续沉湎于对自己的梦幻之中。

但对我而言，我是很感激宪兵队长的提醒，因为我一直在担心，他最终还是会猜出事实的真相，所以我请求大家："我希望，各位先生能劳驾，送我们的宫廷演员先生回家。"

"非常乐意。"大家异口同声地说，一个人恭恭敬敬地把他那顶破旧不堪的帽子拿来，另一个人则扶他站起来。我知道，从这一刻开始，他们再也不会嘲笑他，再也不会羞辱他，再也不会伤害他——这个可怜的老人，他曾经是我青春时期的幸福和苦难啊。

当然，在最后分别的时候，他还是失去了他那竭力保持的镇定和尊严。他感动至极，再也无法控制自己汹涌的感情，泪水顷刻间从他那疲倦浑浊的眼睛里大颗大颗地涌出来。和我握手时，他的每根手指都在发抖。"啊，善良、慈悲的夫人。"他说道，"请您代我向您的先生问好，请您转告他，老施图尔茨还活着。说不定我还会再度复出，重新登上舞台。谁知道，谁知道呢，也许我会重新获得健康呢。"

两个男人一左一右地搀扶着他，不过他几乎已经能够挺直身板挺拔地走路了，一股新生的神气让这个潦倒不堪的人又重新振作起来。我似乎能听见他的嗓音里有了另外一种高傲的声调。他在我的生活开始之时曾经帮助过我，如今在他的生命结束之前，我总算也帮了他一把。我偿还了我欠他的那份旧债。

我知道自己不能再住下去了，第二天早上我向女店主表示歉意，表示山风对我而言过于强烈。我试图给她留一笔钱，让她从现在开始，不要只给那可怜的老人一杯啤酒，他如果想喝就给他送去第二杯、第三杯。没想到的是，我的这种行为碰上了本乡本土的傲气。女店主说，不必了，她自己就会这样去做。村里人先前都不知道这个施图尔茨·塔勒曾经是一个这样伟大的人物，现在，全村人对此都感到了极大的荣幸。而且村长已经作了安排，从现在起，每个月还会额外多给他一些钱。女店主甚至向我保证，他们大家都会很好地关心他。于是我给他留下了一封信，一封洋溢着感激之情的信，感激他如此善良好心，把整整一个夜晚赠送给我。我知道，在他去世之前，他会成百上千遍地读这封信，并且把这封信拿给每一个他遇到的人看。他还会一直幸福地做着那个关于他的荣誉的梦，直到走到生命的终结。

这么快就结束休假，我的丈夫对此非常惊讶。再看到我离家仅仅两天，脸色就变得这样新鲜，情绪还这样欢快，他更是惊讶不已。他称我的这次休假是一次奇迹疗养。但于我，却并不能从中找到任何奇妙的东西。没有任何东西比感受到幸福更能令人健康的了，而除了使别人幸福再也没有更大的幸福。

这样，我也向你偿还了在少女时代欠下你的一笔债。现在你知道了关于彼得·施图尔茨的所有事情，也知道了你的女友埋在内心的最后的秘密。

既相同又不同的两姐妹

　　在南欧某地有一座城，这座城市的名字我还是不说出来的好，我刚从小胡同里拐出来，一栋气势雄伟的建筑物便横在我的面前，这是早期风格的建筑，两个巨大的塔楼耸立其上，式样完全相同，在夕阳映射下一个看上去就像是另一个的影子。这不是一座教堂，也不像是早已被人遗忘的年代里所建造的一座宫殿。我觉得这应该是一座修道院，可是从它所占有的宽阔场地来讲又像是一座世俗的建筑物，总之我也辨别不清到底是什么。

　　于是，我彬彬有礼地摘下帽子，向一个正在一家小咖啡馆的平台上喝酒的市民走去，他面色红润，手里正端着一杯淡黄色的酒。我有些唐突地向这位市民打听这座巍峨耸立于低矮房舍之上的建筑物的名称。这位市民惊奇地抬起头，随后便从容地露出美美的微笑，他回答我说："我无法确切地回答你的问题。要知道城市地图上的标的可不太一样，但我们还一直沿袭旧时的说法：姐妹楼。也许是因为这两个塔楼十分相似吧，又或许，因为……"他说到这里突然顿住并小心地敛住笑容，他似乎想先证实一下我的好奇心是否被他煽动起来。如他所愿，他这样欲言又止，确实勾起了我的好奇心——就这样，我们交谈了起来。他建议我也喝一杯这种带有涩味的金灿灿的酒，当然我也乐意听从他的要求。夜色渐渐降临，在我们面前，塔楼的尖顶在慢慢明亮起来的月光下散发着一种梦幻般的亮光。我品尝着味道醇和的美酒，在那个温柔的晚上，那个既相同又不同的两姐妹的小小传奇也愈加显得别有风味，这个传奇是那个市民讲给我听的，在这里我想尽我所能地将它如实地复述出来，尽管我不敢对它的真实性作出担保。

特奥多西岛国王招募的军队被迫驻扎在了阿克维塔尼亚地区当时的首府，他们在此地建造了冬营地，美美地休整一段时间之后，劳顿至极的军马皮毛又顺滑起来，不过士兵们却感到更加无聊了。这时，一个轮巴德族人，名叫黑里轮特的骑兵队长，竟然爱上了一个漂亮的女商贩，女商贩是在那座城市市郊的偏僻小巷中兜售香料和蜂蜜甜面包的。他陷入热恋之中如痴如醉，为了能及早把她搂在怀里，他甚至毫不介意她低微的出身，很匆忙地就和她结了

婚，并和她一道搬进集市广场上的一所宅邸里去居住。他
们在那里度过了好几个星期，他们如胶似漆，忘记了他人，
忘记了时间，甚至忘记了国王和战争。就在他们沉浸在甜
蜜的爱情之中、温情款款缠绵之际，时光却没有昏睡。和
风蓦地从南方吹来，暖流所到之处，江河冰融，草地上清
风徐徐，藏红花和紫罗兰被催出斑斓的蓓蕾。几乎是一夜
之间，枯树泛出新绿，冻僵的暗褐色的树枝骨节上也开始
吐出新芽，春天从雾气腾腾的大地上慢慢浮现，和春天一
道而来的，还有那熊熊升起的战争烽烟。

　　一天早晨，蛮横急促的门铃声突然响起，把这对沉睡
的恋人从晨梦中惊醒，国王派来的使者命令他的这支军队
整装待发。然后，营地里开始鼓声喧天，风把军旗吹得哗
啦啦响，不一会儿工夫，上了鞍子的马匹发出的一片卡嗒
卡嗒声在集市广场上响起。于是，黑里轮特迅速挣脱妻子
柔软的胳臂，离开那个温暖的怀抱，因为不管他的爱情多
么炽热，都抵不过要上战场博取功名的男儿热血的烈焰。
他对她的眼泪无动于衷，对她想陪伴他出征的愿望置之不
理，他将她一个人抛弃在空荡荡的房间里，头也不回地和
大队人马一道奔赴毛里塔尼亚去。他一连打了七场胜仗，
彻底扫荡了萨拉逊人的老窝，并摧毁了他们的城市，心惊
胆战的敌人被一一制伏。胜利之师以所向披靡之势，一路
抢掠直达海岸，后来他不得不在那里雇用海员和租战船，

如此才能将所缴获的堆积如山的战利品运送回家。从没见过如此迅速地取得胜利，从没见过如此闪电般地完成远征，难怪国王竟将被征服国的北方和南方赐给他做采邑，只征收低微的息金，作为对这位勇敢的斗士的感谢。

这样，过着戎马生涯的黑里轮特本来可以好好安享清福，享受荣华富贵了。谁知，这迅速获得的战绩没有给他带来安乐反倒更刺激了他的功名心。利令智昏的他竟不甘心俯首称臣，不情愿向一国之王承担纳贡的义务。在他看来，只有戴上王冠才能和妻子光洁的额头相般配。于是，他暗中在自己的军队里煽动军士敌对国王的情绪并策划起事。没有想到的是，由于事情过早败露，谋反没有获得成功。这在他看来异常神圣的一仗还没打响便被击溃，他不仅遭到教会的放逐，还被自己的骑兵们所背弃。最后，黑里轮特不得不逃进深山里，国王悬赏缉拿他，当地农民为了得到高额的赏金，在利益的驱使下用木棒将这个备受唾弃的人打死在睡梦中。

后来，国王的密探在那一座谷仓的草堆里找到了这个叛逆者的尸体，密探撕下他身上的饰物和衣服，接着将那赤裸的血淋淋的身体扔进了兽尸坑。而此时，对他的遭遇毫不知情的妻子，则在府邸的锦缎床上产下了一对双胞胎——两个女孩。在这座城里众多新生婴儿中，这两个孩子由主教亲手洗礼，并命名为海伦和索菲娅。钟楼里的钟还在轰鸣，水晶高脚酒杯还在宴席上叮当作响，黑里轮特叛乱和死于非命的消息就在这一时刻猝然而至。随后第二个消息又迅速传来：按照惯例国王将叛逆者的房屋和财产收回归为己有。就这样，刚刚满月的漂亮女商贩在享受了短暂的尊贵之后，不得不又穿上那件破旧的羊毛衣回到那条弥漫着腐烂气味的小巷里，有别于从前的是，如今她悲惨的生活中不仅有无限的失望和苦涩，还有两个幼小的孩子。她又要从早到晚坐在铺子里的矮木凳上，向街坊四邻兜售她的香料和加蜂蜜的甜品，在可怜巴巴地换取几个铜板的同时，她还不得不忍受着来自周围的讥诮和挖苦。悲惨的生活迅速熄灭了她眼中原本明亮的光芒，年纪轻轻的她早早地添了白发。好在，这一对聪明活泼、妩媚可爱的孪生姐妹，不久便对她的困顿与厄运有了补偿。

两姐妹继承了母亲的娇美容貌，她们曼妙的身材和优雅的言谈是那样相仿，以致人们常误以为，这是一个可爱的形象如同镜子般照出了另一个可爱的形象。不但外人，就连作为她们母亲的她也辨别不清这两个年龄相同，身材亦相同的女儿，哪一个是海伦哪一个是索菲娅，她们简直就是一个人。于是，她让索菲娅在胳膊上系一条廉价的亚麻布带子，有了这个标记人们便能将她和妹妹区别开了。但是如果她只听她们的声音，或者只看她们的脸。那么，她便摸不着头脑了，亦不知道该用哪一个名字来称呼她们中的任何一个。

不幸的是，这一对孪生姐妹虽然继承了母亲的花容月貌，但也继承了父亲那种极大的虚荣心和权势欲望，她们彼此较量，都力求在各方面超过对方，进而还要在同龄人中出类拔萃。一般的孩子在童年时期都是单纯、毫无邪念地玩耍，但她们两个却已经开始处处钩心斗角、事事互不相让了。倘若一个陌生人喜欢她们其中一个人的妩媚可爱，将一枚漂亮的小戒指戴在其手指上，却没将同样的礼物赠给另一个。那么，那个受到轻慢的孩子就会伸直身子平躺在地板上，牙齿咬住紧握的拳头，并用鞋跟愤怒地猛烈敲击地板。如果一个受到一声称赞，得到一个爱抚，做成了一件事，那么另一个就会受不了。虽然她们模样相似得让左邻右舍戏称她们是彼此的小镜子，可是她们却不以为然，甚至各不相让，她们的胸中整日里燃烧着熊熊的妒火。

作为母亲，她试图遏制这种不顾手足情谊的太过极端的虚荣心，并且想要她们放松这根你争我夺绷得太紧的弦，结果只是徒劳。后来她不得不承认，有一颗招灾惹祸的种子正在孩子们尚不成熟的形态中滋长起来，她虽满腔忧愁但也得到了些许安慰，因为恰恰是这种持续不断的你争我斗，才让她的孩子们在不久的将来，成为她们这个年龄段里最机智敏捷、最精明能干的人。就像不管一个人学习什么，另一个一定会马上跟着学，并急不可耐地想要胜过对方。由于她们心灵手巧，很快就学会了各种有用和有吸引力的生活技能，诸如织亚麻布、给织物染色、镶嵌首饰、吹笛子、优雅地跳舞、写语言优美的诗歌，后来她们学会了用悦耳动听的歌声和着琉特琴吟唱。最后，她们具有了超出宫廷贵妇们的一般特性，甚至她们还学拉丁语、几何学，以及更高深的哲学科学。这些学科的教授都来自一位亲切友好的年老的教会执事。不久，体态曼妙、举止优雅和思维敏捷的两姐妹成了阿克维塔尼亚的珍宝，人们再也找不到可以和女商贩这两个女儿媲美的姑娘了。不过，直到这时大概也没有谁能说得出，这孪生姐妹中的哪一个是海伦，哪一个是索菲娅，因为无论在身材上还是在思维活跃度和谈吐上，仍旧没有人能将她们俩辨别开来。

不过，随着对文艺的日渐爱好，随着对所有敏感、温柔的事物的了解——这些都给灵魂和肉体以随时摆脱禁锢，渴望进入情感的无穷尽境界的激情，也因此，不久后这两个姑娘的内心深处便萌发了对她们母亲低贱身份的强烈不满。每当她们参加学院的学术讨论会，与参会博士们热烈讨论完各种论点回到家，抑或当她们从舞会返回这烟雾弥漫的胡同而耳畔还回响着乐曲声时，再看到蓬乱着头发的母亲坐在她的香料后面，为了几块姜汁甜品或几个发霉的铜板而叫卖直到天黑，她们总是怒气冲冲地为她们长久以来难以摆脱的贫困感到无限的羞愧。更让她们难以忍受的是，床铺上破旧而锋利的草垫日复一日地摩擦着她们开始炽热燃烧着的、还一直保持着少女贞洁的肉体。夜晚，她们总是难以入睡，她们诅咒这悲惨的命运。以她们的优雅和才智完全可以胜过那些贵妇人，她们原本是有资格身穿柔软的、有好看花边的高贵衣裳，浑身珠光宝气地悠闲漫步，可是命运却使她们被活活埋葬在这个散发着霉味的腐烂的破屋里，仿佛能够给箍桶匠或者铸剑匠当家庭主妇已经是很大的幸运了。可是她们，她们毕竟是大元帅的女儿，天生就具有王家血统和盛气凌人的气势。她们渴望金碧辉煌的宫殿和成群的奴仆随从，她们渴望财富和权势，每每遇见身穿裘皮大衣的贵妇从身旁经过，四周簇拥着放鹰猎手和卫兵们，她们的脸总是因愤怒和嫉妒而变得像她们嘴里的牙齿那样煞白。于是，她们的血液里便沸腾起叛逆父亲的狂暴和虚荣。因为，她们的父亲同样也是不满足于小康生活和低人一等的地位。一天到晚，她们不想别的，只想着用什么样的方式来摆脱这种卑微的生活。

随即，一件意料之外的事情就这样发生了，似乎又在情理之中。一天早晨，索菲娅醒来时发现她旁边的床铺空了：海伦，她的小镜子，她意象中的对手，偷偷出走了，一夜未归。受到惊吓的母亲忧心忡忡，担心孩子是被哪个贵族子弟劫走了。因为少年中许多人曾被姐妹两个散发的光芒所射中，他们甚至为此头晕目眩神魂颠倒。想到这里，她更加慌张了，便衣衫不整地跑到以国王名义管理城市的行政长官面前，恳求他逮住那个诱骗女儿的坏蛋。行政长官答应了。然而，令她倍感羞愧的是，第二天谣言就传开了，这谣言说得有鼻子有眼，说是海伦，这个还没到结婚年龄的女孩和一个贵族少年私奔了，而她完全是出于自愿。这个少年甚至为了她强行撬开了父亲的钱柜。

一个星期以后，谣言还未散去，更糟糕的信息又飞速而至。一些四处旅行的人纷纷讲述，这个年轻的不知羞耻的女人，和她的情人在那座城市里过着阔绰、奢侈的生活，身边簇拥着成群的仆役、鹰隼和南欧的动物，她的身上穿着毛皮衣服和华美的锦缎，惹得当地那些体面的女人十分恼火。这则坏消息在众人嘴里传得正热闹之际，一个更糟糕的消息又接踵而来：海伦厌倦了那个年轻无知的子弟，花光他口袋里的钱之后，便去了已到耄耋之年的司库大人府上，以出卖自己年轻的肉体来换取更奢侈的生活，并且无情地掠夺那个向来一毛不拔的人。没过几个星期，她拔光了司库大人的金羽毛，将那个像被拔光了毛的公鸡一样光秃秃的老头抛弃之后，她又换了一个新的情人。就在最近，她认识了一个更富有的人，又将这个情人无情地抛弃了。

没过多久，人们终于知道了真相：原来海伦在附近一带以出卖自己年轻的肉体为生计，她勤勉的程度决不亚于她母亲在家里兜售香料和蜂蜜甜品。母亲在得知真相之后委托一个又一个乡邻去见这个不可救药的堕落女儿，劝说她不要这样恶毒地玷污她父亲的在天之灵，结果毫无用处。这无疑是极大地伤害了母亲，并让母亲蒙受了深重的耻辱。

一天，一支富丽堂皇的仪仗队伍从城门处沿着大街走过来。走在最前列的人身穿大红长袍，随后的人骑着马，这俨然是一位王公的入城仪式。令人想不到的是，在他们之间，在波斯狗和怪异的猴类簇拥下的人竟是海伦，那个早熟的妓女，那个美丽得如同与她同名的祖先——那位把富人们搅乱的海伦。眼前的海伦被打扮得一如示巴女王进入耶路撒冷时的模样。人们目瞪口呆地看着她，工匠们放下了手中的活儿，文人们放下了下笔，看热闹的人群把这个队列团团围住，直至最后这群浩荡行进着的骑马人和仆役终于在集市广场上，准备隆重迎接贵宾。这时候，车帷终于拉开了，这个带着孩子气的荡妇高昂着头颅从宅邸的大门走进去，这座宅邸正是从前归她父亲所有的，她用三个缠绵的良宵虏获了一位挥金如土的情人全部的爱，于是情人从国王手中买下这座宅邸送给她。如同走进一块奴隶制的公爵领地那样，她迈入了那间摆放着豪华大床的卧室，她母亲就是在这张床上将她生下的。被荒弃很久的房间在极短的时间里便摆满了来自宗教的珍贵塑像。沿着木头楼梯向上伸展处有凉爽的大理石栏杆扩散开来，就像人工的瓷砖和马赛克镶嵌的图案一般，不断增多的手工编织的地毯上布满了各种有故事情节的图像，一枝绿色的常春藤，懒洋洋地攀爬于墙上，金质餐具的脆响和盛大宴席上演奏着的音乐声响作一片，拥有青春活力和诱惑力的海伦，对各种技能早已十分熟练，所以在极短的时间内她就变成熟谙种种卖弄风骚和暧昧本领的能手，成为所有妓女中最富有的人。不计其数的富翁从附近各城市，甚至异国蜂拥而来。基督徒、多神教徒和异教徒，甚至也要来享受一下她的宠爱。由于她对权势有着超强的欲望，丝毫不逊于她父亲对功名的渴望，所以她严格控制住这些恋人，并竭力抑制男人们的澎湃激情，直至把他们的财产压榨殆尽。就连国王的亲生儿子也不能幸免，在享受完一个礼拜的欢愉，带着痴迷又无比清醒地离开海伦的怀抱时，他也不得不向当铺老板和借贷者支付难以负担的赎金。

如此胆大妄为的行径，激怒市里的体面女人也就在所难免了，尤其是那些年岁较大的女人。教堂里，神父们痛斥海伦小小年纪便背叛道德。集市广场上，女人们纷纷握紧拳头以示愤怒，夜晚无数的石块砸在窗户和大门上哐啷哐啷直响。但是不管那些品行端正的女人们——那些被遗弃的妻子们、孤独的寡妇们——怎样发怒；不管那些年长的、对卖弄早已精通的娼妓们怎样愤恨咒骂——因为这匹既放荡又不知羞耻的小驹儿闯进了她们寻欢作乐的草地；这些，都比不上她姐姐索菲娅的强烈愤懑。当然，撕伤索菲娅的灵魂的，不是妹妹沉湎于如此邪恶的生活，而是一种懊悔——她恼恨自己错过了绝好的机会，当初没接受那个贵族子弟提出的私奔的提议。如今，那些她曾暗中热切渴望的、掌控一切的权势和阔绰奢侈的生活，都被那个人所占有了。可是她呢，每天夜里狂风还一直在往她那破败的冷房间里灌，风声和母亲吵闹的哭号声此起彼伏。虽然妹妹不断地派人给她送来高贵的衣服和首饰，然而索菲娅很有自尊，她知道妹妹是怀着一种炫耀财富的心理，所以她拒绝接受这样的施舍。但是，如果现在自己用一种更大胆的姿态去步妹妹的后尘，就像当初和她扭打着争夺姜汁甜饼那样争夺情人的话，这并不能满足她的虚荣心。她要胜利，她认为，她的胜利必须更彻底。就在索菲娅日思夜想该用怎样的方式在享受美誉和受人恭敬上超过妹妹的时候，她从那些日渐不受控制的蜂拥而来的男人们身上嗅到了机会，她至今保留的这份微薄的财富——她的少女的贞操，就是一份最为精美的诱饵，同时也是一件可以让一个聪明女人获取更高利益的抵押品。于是她当即决定，恰恰是妹妹过早浪费掉的东西将要变成她的一份珍贵的财产，她要像妹妹展示年轻的肉体一般来展示自己的德行。如果说妹妹是通过她的奢华和傲慢而备受赞美，那么她就用自己的困苦和谦卑来达到这一点。

　　就这样，那些人嘴巴里的诅咒的还没有歇息下来，一大早，新的好奇心便在惊愕的城市里滋生和弥漫开来：索菲娅，荡妇海伦的孪生姐姐，因为深感羞惭并且似乎也是为了替妹妹那不体面的生活赎罪而看破红尘，加入了一个虔诚的教团做见习修女，而那个教团正以不知疲倦、专心致志地奉献而著名，病院里残疾病人的护理和照料也正是得益于她们。于是，那些接踵而至的富豪们乱抓着自己的头发，懊恼自己竟迟了一步，未能触摸到这颗珍贵的珠宝。而虔诚的人们呢，则乐得利用这个罕见的机会将这个美丽的女神与那个放荡不堪的女人进行比较，并将这个消息大肆地向四面八方散布，以致阿克维塔尼亚没有任何一个女人能像索菲娅这样有口皆碑。人们都说索菲娅是个具有牺牲精神的美丽姑娘，她不分日夜地护理危重病人，就连麻风病人也毫不畏惧。每每她头戴白色修女帽低垂着头从街上走过时，女人们都向她行屈膝礼，就连主教也多次在讲话中称赞她是女性美德的典范，孩子们抬起头来像看天上的星星那样仰望她。一时之间——人们当然会以为，海伦一定气恼极了——在这座城市里，人们的全部注意力都集中在了这只可怜善良的白色替罪羊身上，而无暇关注海伦。人们想着，为了赎罪，或许海伦已经进入了谦卑的天国。

在此后的几个月里，一个奇异的狄俄斯库里式的双子星座频频闪耀在这个新奇事屡屡发生的地区上空，罪人们和虔诚的人们感到了一种难言的喜悦。因为如果说那些人无法离开海伦过分炽烈的肉欲的话，那么至少这些人还能够用索菲娅的这个闪烁着美好品德光芒的形象去振奋自己的灵魂。

多亏这样的双重性，阿克维塔尼亚这座城市里，尘世上神的王国自开天辟地以来第一次似乎干净和明显地与那个敌对的王国分开了。谁爱纯洁，守护女神便会守护在谁的身边，而谁沉陷于肉欲，那么那个放荡的妹妹怀抱里的爱欲便会向谁招手。

但是在尘世中的每一颗心灵里，在善与恶之间，在灵与肉之间，都遍布着奇怪的走私者的道路。没过多久，事实便表明了这一点，恰恰是这种始料未及的双重性让宁静的心灵备受威胁。因为这一对孪生姐妹虽然生活作风完全不同，但外表依然无法分辨：一样的身材、一样的眼睛颜色、一样的微笑和一样的美丽。自然而然地，城里的男人们开始产生出一种强烈的矛盾情绪。若是一个青年在海伦的怀抱里度过了一个充满激情的夜晚，次日早晨他便像是要清洗掉压在自己心头的罪恶感似地急匆匆跑到明媚的晨光里，那么他就会像见了鬼魂一样毛骨悚然地使劲揉着眼

睛，因为他看到身穿女护理员灰色衣服的漂亮修女，正在
医院的花园里用轮椅推着一个气喘的老人慢慢行走，并且
用她既温和又轻柔的手擦去老人流下的口涎，没有一丝的
厌恶之意。他觉得这个漂亮修女怎么看都和那个女人同为
一人，他刚才离开她时她还赤裸裸、温软地躺在汗湿的床
上呢。他定神仔细凝视：没错，就是她，同样的嘴唇，同
样的既柔软又温存的举止，只不过不再是情欲之爱，而是
一种更崇高的对全人类的博爱。他凝视了很久，眼睛都酸
痛了，想慢慢穿透那件灰色的朴素衣裳，但那个熟悉的荡
妇的肉体似乎正透过那薄薄的灰色向他闪着一种神圣的
光亮。

　　而同样的感官上的差异，也愚弄了之前还敬佩地亲眼
看见这位女护理员真诚护理病人的那些人。他们刚沿街角
转过弯，便看见刚才还十分端庄的索菲娅竟神奇地变了模
样，只见她裸露着酥胸、浓妆华服，在一群好色之徒和仆
役们的簇拥下，正急急忙忙去参加一个宴会。"这是海伦，
不是索菲娅。"大多数人都这样暗自思忖。然而，事情从这
一刻起开始变得不一样了，当他们看到那个虔诚女子时便
总忍不住会联想到她的裸体，甚至在做着祷告的时候脑子
里就会生出不好的念头，他们的心就这样毫无察觉地从一
个女人摇晃到另一个女人身上，头脑变得混沌不堪，导致
他们的知觉往往走在与愿望相反的道路上。躺在妓女身边

的青年心里想的却是那个不可触摸的女人的肉体；另一方面他们又用一种猥亵的渴慕的目光打量那个虔诚的女护士。由于造物主不知出于怎样的想法把男人的知觉弄颠倒了，所以男人们总是希望从女人身上得到她们所给予的相反的东西：一个女人如果轻易地把自己的肉体献出，那么他们对这礼物便不会珍惜，他们把自己伪装成只能真诚接纳贞洁的女人。但是如果一个女人对自己的贞洁小心维护，他们则又会备受刺激，并急不可耐地想去夺取被她小心看护着的贞洁。因此，什么要求能解决得了男人的这种矛盾，首先它要在灵与肉之间保持永远的对立。但是一个爱开玩笑的魔鬼在这里打了一个双重的结，因为荡妇和贞女，海伦和索菲娅，单从外表看她们的肉体完全一样，人们简直无法把一个与另一个分辨出来，当然也没有人能说得清楚，他究竟渴慕哪一个。

于是，医院前面游手好闲的人一霎间比小酒馆里的多了许多，那些纵欲者呢，做爱时则用金钱诱使荡妇披上那件灰色的护士服以此来达到完美的假戏真做，这样他们会觉得，既像享受了那个童贞少女，又仿佛享受了荡妇似的。整座城市，甚至整个地区都渐渐被卷进这场极富刺激性的真假游戏之中。主教的训诲、市行政长官的警告，对此都毫无作用。

　　一个是全市最富有的人，另一个是全市最纯洁的人。但是，她们并不满足于此。这两个人备受赞叹、备受尊敬，却都是虚荣心极重的人，并不顾念手足亲情反而愈发地钩心斗角，琢磨着用什么法子可以踹对方一脚。索菲娅每逢听说妹妹用近乎邪恶的逢场作戏亵渎她具有牺牲精神的品行时，总是气得咬牙切齿。而海伦每逢听到仆人们向她禀报朝圣者们如何满怀敬畏地向姐姐鞠躬，女人们如何俯吻她所经之处的土地时，她总要恶狠狠地向仆役们发泄胸中的怒火。不过这两个狂热的人越是互怀恶意，越是互相仇恨，便越是对彼此装出十分同情的姿态。海伦在吃饭时言语激动地替姐姐感到痛惜，她认为护理形容枯槁、去日无多的老者简直就是虚掷年华、浪费青春。索菲娅则每天在晚祷结束时也会特意为可怜的背负罪孽的女人背诵一段经文，为了贪图一时的享受，这些犯人用愚不可及的方式亵渎了可以使自己奉献一生的虔诚的，大有裨益的崇高事业。渐渐地，当她们俩发现她们无法通过信使和搬弄是非的人把对方从既定的道路上引开时，她们只好相互接近起来，犹如两个摔跤手，她们一边做出很无辜的样子，一边却已经在用眼光和双手准备作出一个可以将对方制伏的动作来。她们相互探望的次数变得日益频繁，并做出一副深切关怀的样子，其实心里都在暗暗盘算着如何坑害对方。

　　因高傲而显得模样谦卑的索菲娅在作罢晚祷之后又一

次来到她妹妹这里，并再次警告她不要沉湎于这种遭人诟病的生活之中。如往常一样，她拐弯抹角地指责早已听得不耐烦的妹妹，说她的行为如何地不合情理，居然将自己的被上苍恩泽的肉体沦落进一堆罪孽的泥潭中。而此时的海伦正让女仆用乳膏为她涂抹自己那个"被上苍恩泽"的肉体，如此她才能精力充沛地去从事夜晚那个邪恶的行当。她一边半愤怒半戏笑地听着姐姐的牢骚，一边暗自盘算，她是讲几句亵渎神灵的玩笑话让这个无聊的说教者抓狂呢，还是干脆叫几个青年到房间里来搅乱她的心神。这时，如同一只嗡嗡叫的苍蝇一般的古怪念头从她脑海里一闪而过，一个邪恶的主意就这样诞生了，这主意狡黠而具有威胁性，以致让她忍不住地在心里偷笑开来。这个刚才对姐姐的说教不屑一顾的女人突然一反常态，把女仆和侍者全部轰出房间，然后望着姐姐，用一张忏悔的面孔掩藏起内心深处闪着邪恶之光的眼睛。啊，但愿姐姐不要以为——这个精通各种伪装技巧的女人开口说话了——她曾经常因自己陷入罪恶和愚蠢的生活而感到羞愧，不知多少次她的内心已经对男人们卑鄙的肉欲有了厌恶的感觉，很多次她已然作出了决定，要永远地摆脱那些男人，去过一种质朴的、踏实的生活。但是，但是到了最后她意识到，任何抵御在现实面前都是徒劳的，因为索菲娅拥有坚强的灵魂，而她呢，却被虚弱的肉体所困扰，对男人的诱惑索菲娅能做到浑然不知，可是这种诱惑对很多尝过情爱的女人来讲是无法抵抗的。啊，她，索菲娅，这被上天眷顾的幸运儿，她永远都猜想不到男人的情欲是多么强暴蛮横，但正是这种强暴之中所带有的一种特殊的甜蜜在起作用，让人们不得不违背自己的愿望甘愿在这股甜蜜的情意中堕落下去。

　　这番意想不到的自白让索菲娅感到极其震惊，她从未奢望过这样的自白会从她这位贪求金钱和情欲的妹妹口中说出。于是，她急忙调动她的巧舌，继续进行说教。她说如此看来，一束神灵之光终于射向了可怜的海伦，因为厌恶邪恶本就是正确认识的开端，只不过她还是被错误见解和自我沮丧所掣肘，如果她认为坚定意志是无法战胜肉体诱惑的话——其实，只要从善的决心坚定，再经过千锤百炼，就一定能够战胜任何诱惑，历史上有了无数这样的先例，就像那些异教徒和信教的人。然而，海伦却只是忧郁地低下了头，她不无感慨地说，啊，是呀，她也曾读过与肉欲魔鬼英勇搏斗的故事，对此她也很钦佩。然而，上帝赋予男人们的不只是更强壮的体力，还有一颗更冷酷的心灵，此外，还选中他们充当战无不胜的斗士来保卫上帝。但是一个弱女子——说到这里，她长长叹了一口气——是永远也抗拒不了男人的狡诈和诱惑的，至少她这半生还从未见过一个先例，能证明一个女人在受到追求时能够抵御男人的爱抚。

　　"你怎么能够说出这样的话来，"受到挑逗的索菲娅，用她一贯傲慢的口吻怒斥道，"我不就是一个很好的证明吗？这说明一个有坚定意志的人是完全能够抵御得了男人无休止的纠缠的。那些人从早到晚围绕在我周围，他们悄悄跟踪我一直跟到病院里，甚至晚上睡觉时发现床上放满了写着种种污言秽语的信件。然而，没有任何人曾见到我看过谁一眼，是我的意志护佑着我扛住了各种诱惑。所以你的这番话并不确切，一个女人如果她真正有意志力的话，那么她就一定能抗拒，我自己便是一个最好的例子。"

　　"啊，我当然知道，迄今为止你一直都是能够抗拒任何诱惑的。"海伦惺惺作态地说，还不忘用一种虚情假意的恭顺眼神偷偷瞟了姐姐一眼，"但是你之所以能做到这一点，也不过是因为幸运地受到这身衣裳和你所承担的职务的保护。你受到虔诚的护士们的护卫，受到教会的保护围墙的保护——你不像我似的孤单一人，更不像我无力抵抗！但是你不要因此就以为，你是靠你自己的力量才维护了你的纯洁，因为我坚信，索菲娅，你一旦站在一个英俊少年的面前，你就不能、也不愿抗拒他了。你也会败给他的，一如我们大家都败给他那样。"

　　"不会的！我决不会！"虚荣心重的索菲娅冲妹妹大喊着，"我保证，即使没有这身衣服的保护，单凭我自己的意志力我一样经受得住任何考验。"

　　这句从索菲娅嘴里说出的话恰恰是海伦最想听到的。她一边引诱不可一世的高傲的姐姐一步一步走近自己设下的陷阱，一边却不失时机，仍不停地对作这种抵抗的可能性表示怀疑。

　　直到最后，索菲娅骄傲地断然表示自己要去经受一次考验。她说她渴求这样的考验，她甚至极为需要这样的考验，她要让这个意志薄弱的妹妹最终认识到，即使不需要外力的保护，仅仅依靠自己坚定的内心，也能保住自己的贞洁。海伦听了姐姐这番话似乎考虑良久——她的心迫不及待地剧烈地跳动起来，然后她终于说道："听着，索菲娅，这或许真是一个适当的考验。明天晚上叙尔万德会来探访，要知道他可是当地最俊美的小伙子，至今为止没有哪个女人能抗拒得了他的诱惑，可是他却想占有我。他跋涉二十八英里路，带来七磅纯金和别的礼物，就是为了与我共度良宵。当然，就算他空手而来，我也会接受他的，甚至为了和他在一起，我可以付出同等的黄金，因为他实在是绝无仅有的俊美和潇洒。既然上帝把我们造得如此相似，只要你穿上我的衣服，别人是看不出任何破绽的。所以明天你就顶替我在这里会见叙尔万德吧，不过他要是把你当作我而渴望占有你的肉体，那你只能尽力去拒绝他了。

但是有一点，我会待在隔壁房间里，直到我亲自听到午夜之前你依然能把持住你的情欲为止。我想再向你强调一遍，姐姐：他对女人的诱惑力是强大的，而我们自己心灵上的弱点则比这种诱惑更具有危险性。所以，姐姐，我担心你会被你之前那种与世隔绝的状态所迷惑，一旦遇到这样强大的诱惑你就会失控，所以我恳求你，还是放弃这个危险的游戏吧。"

阴险狡诈的海伦可谓想尽了办法让姐姐中计，她这一席圆滑的说词是为了火上浇油，以助长姐姐的傲慢罢了。索菲娅骄傲地说，如果仅仅是这样一个微不足道的考验，那么对她来说简直轻而易举，她敢说她绝对抵抗得了这样的诱惑，别说午夜，到凌晨也是没有问题的——她只有一个要求，允许她随身带一把匕首，以防自己受到强行逼迫。

姐姐一席激昂的演说结束后，海伦突然跪在地上，满怀钦佩的表情下隐藏着邪恶的喜悦之光。就这样她们达成了协议，第二天晚上由索菲娅来接待叙尔万德；而海伦则信誓旦旦地说如果姐姐成功了，她就永远放弃她恶劣的生活作风。索菲娅回到修女们身边，想借这些无私善良的女人多年经受住考验的力量来为自己增加能量。她加倍精心地看护最危重、最难护理的病人，以便从他们时日无多的生命中感受尘世一切事物的倏忽即逝。毕竟，他们也曾年轻过，也曾有过强烈激情，可如今还剩下什么呢？一具孱弱不堪的躯体而已。

当然，海伦也没闲着。她熟谙种种召唤情欲的技艺，她先让厨师做出最奇特的菜肴，然后往菜肴中加进了种种刺激性欲的调味品。她让厨师在酥馅饼里掺入海狸交尾状的馅饼，还有春药草和含斑蝥素的胡椒，还有葡萄酒，她都用天仙子和使知觉提前困倦的烈性药草使其颜色变黑。另外，她还安排了音乐——这个久经情场的老手自有她的精妙法子。她让以谄媚取悦著称的吹笛人和感情热烈的敲钹人藏在隔壁房间，别人看不见他们，所以对浑然不觉的情感更具危险性。她精心策划完之后，便急不可耐地等待着。

约定的时间到了，当因失眠而脸色苍白的索菲娅出现时，大门口一群等待着的年轻女仆便将她团团围住，她们立刻簇拥着一脸惊诧的索菲娅来到弥漫着浓郁药草香味的浴室里。那身灰不溜丢的修女服被飞快地脱掉了，女仆们用捏皱的花朵和花香浓郁的药膏搓揉她的胳臂、大腿和后背，她觉得自己的血液简直要从毛孔里流出来了。往她身上浇下的水一会儿凉丝丝，一会儿又滚烫灼热。女仆们用娴熟的动作把水仙油揉进这热烘烘的身体里，直到摩擦得她头发尖上溅出蓝火花来。总之，她们完全把索菲娅当成了海伦，为她做好了一切情欲缠绵前的准备，索菲娅也只能任其摆布。这时，带有迟疑和紧迫意味的笛声响起，燃着的香烛的檀香味道从四壁散发出来。索菲娅还没缓过神来，便在床上伸展开了四肢，金属镜子映出她的面庞，她竟认不出自己的面目了，她只觉得自己从未这么漂亮过。她感觉到自己的身体轻飘飘的，充盈着一种活生生的快感；但同时她又感到很羞愧，因为她竟放任自己去感受这种惬意。海伦当然不会给她迟疑的机会，她像一只猫那样轻柔地走过来并巧言恭维姐姐的美丽，直至被姐姐粗暴地制止。姐妹俩再次虚伪地相互拥抱，一个因不安和害怕而发抖，另一个因迫切和邪恶的渴望而发抖。海伦让人点亮房间的灯盏，之后她像幽灵般飘然走进隔壁房间；她期待接下来会有场好戏看。

叙尔万德早已得到消息，海伦告诉他奇特的风流艳遇正等着他来猎取，并再三叮嘱他，一定要表现出绅士应有的风度，先使这个高傲的女人放松警惕、失去戒心。当叙尔万德怀着好奇心和虚荣心走进来，索菲娅的手不由自主地摸向那把匕首时，她震惊了：因为这个被认为是狂妄无礼的风流男子的态度是端庄而礼貌的。他既不试图把她强行搂在怀里，也不用亲昵的称呼问候她，而是先向她行了个屈膝礼。随后，他从站在后面的仆人手中拿过一条金项链和一件普罗旺斯丝绸的紫上衣，彬彬有礼地请求允许他将上衣给她穿上，将项链戴在她的脖子上。他举止得体，她无从拒绝。她一动不动地让他给自己戴上项链，穿上那件昂贵的衣服，她当然能感觉到，他灼热的手指怎样从她的脖颈上暧昧地滑过去。只是他的举动收敛到位，索菲娅也就不好贸然发怒。他没有过分殷勤，鞠了一躬后用极其难为情的口吻说，他觉得自己一身风尘，想先洗一洗头发和身子，之后再陪她一起进餐。索菲娅难为情地喊来女仆，让她们领叙尔万德到浴室去沐浴，但女仆们却听从了海伦的教唆，故意误解索菲娅的话，把少年脱得一丝不挂，英俊漂亮地呈现在她面前，那模样像极了神话中的美男子阿波罗。

沐浴完毕，女仆们把玫瑰花环戴在这个笑眯眯的裸体少年的头上，最后才给他披上了一件闪光的衣裳。他焕然一新地向她走去，她觉得他比先前更俊美了。索菲娅对自己的这种反应大为光火，再次摸向了那把藏在衣服兜里的救命匕首。可是，她没有机会，因为这个美少年礼貌周全，与病院里的那些饱学之士毫无二致。为此，她感到懊恼，因为她是要以女性的坚毅为榜样向在隔壁偷听的妹妹炫耀的。为了保卫德行，就必须先冲击德行，这是大家都知道的。可是叙尔万德却没有显露半点情爱的欲望，反倒是那些笛子的声音更具挑逗意味。他的冷漠装得十分出色，索菲娅完全放心了，她毫无顾忌地品尝了妹妹为她精心准备的"佳肴"。索菲娅有些气怒了，如果这个冷淡的少年不给自己向妹妹展示坚定意志的机会，那么，她就自己来挑起这个危险。

就在这时，索菲娅无意间发觉喉咙里卡着一丝让她自己都觉得陌生的笑意，这是一种勃发的兴致，一种宣泄和纵情欢乐的情绪。但是她不加以自制，也不感到羞愧，反正午夜将近，匕首就在自己手边，而眼前的这个少年却比那把匕首还冷。她一点一点向他靠拢过去，为了给自己制造一个全身而退的机会，这个爱虚荣的女子不由自主地施展起妹妹惯用的伎俩。

有句谚语说，魔鬼的胡子是一根也碰不得的，否则魔鬼会突然卡住你的脖子。索菲娅就遇到了类似的情形。浸泡过刺激性欲的香料的红酒，让人心神荡漾的烟雾，熏得索菲娅迷迷糊糊，软绵绵的笛声扰乱了她的神智，她渐渐颤声柔气、哼哼唧唧起来，坚定的意志抛弃了她。总之，事情就这样发生了，距离午夜敲响的钟声还很遥远，这就是理智和情感、男人和女人之间终究会发生的事。衣服滑落的同时，那把藏着的匕首也掉落在地上。但索菲娅不是卢克雷蒂娅（传说中的古罗马烈女，因被罗马暴君卢齐乌斯塔尔奎尼乌斯之子塞克斯图斯奸污，要求父亲和丈夫立誓为她报仇，随即自尽），她没有捡起匕首刺向那个近在身边的危险少年，隔壁房间里的人也没有听到哭泣和反抗的声音。当奸计得逞的妹妹带着一群仆役得意洋洋地闯进已沦为洞房的房间时，胜败也就见分晓了。就这样，放肆的女仆们按异教的方式把玫瑰花撒到床上，霎时，一片耀眼的红。索菲娅也察觉到自己已经失身。妹妹激动地把尚未完全清醒的姐姐搂入怀里，乐声正欢，仿佛潘神（希腊神话中主宰森林畜牧的神。古希腊人认为，潘是一位快乐之神，他在深山密林中游逛，同自然女神跳舞，吹奏自己发明的笛子）又返回家乡。随后这群放荡不羁的女仆便用香水燃起一堆火，将那件受尽赞誉的虔诚修女服付之一炬，而一脸茫然微笑，仿佛是自愿委身于这个美少年的索菲娅，她的身体随即被女仆们撒满玫瑰花，这预示着一个新妓女诞生了。姐妹两个并排而站，一个羞得满脸通红，另一个得意得满脸通红，任谁也无法将索菲娅和海伦，将表面虔诚和放荡者区别开来了，而少年的目光则在两人之间来回游移，透出一种新奇而躁动的欲念。

太阳还没照到屋顶上，这个消息便像一阵风般传遍大街小巷：海伦战胜了贤明的索菲娅，不贞洁战胜了贞洁。当城里的男人们听说这久经考验的德行已垮台，他们当即兴高采烈地急忙跑来，他们受到（不该隐瞒这种耻辱）热情的接待，因为索菲娅和妹妹成为了同一个放荡世界里的人。于是，一切争斗和嫉妒宣告结束，此后，姐妹俩便一直在府邸上愉快地和睦相处。她们梳一样的发式，戴一样的首饰，穿完全一样的衣服，而由于她们从内到外不再有什么区别，所以对那帮好色之徒来说，如何凭眼神、接吻和抚爱去猜测他们搂在怀里的是谁，便成了一种百玩不厌、其乐融融的游戏，而这一对聪明的姐妹也以愚弄这群猎奇者作为一大乐事。

就这样，海伦战胜了索菲娅，美丽战胜了智慧，邪恶战胜了贞洁，情欲战胜了意志，这种事在我们这个虚假的世界上时有发生，也再次证明了约伯所哀叹的："世上恶人境况好，而德行者却遭殃，正义者受嘲弄。"因为整个地区任何人的辛苦劳作都无法匹敌这两姐妹所赚取的金钱。尤其是两姐妹结成了忠实的伙伴后，更是大肆敛财，钱财和珠宝每个夜晚都滚滚流进她们的宅邸。她们除了继承母亲的美貌以外，也继承了母亲兢兢业业的小商贩意识，所以这两姐妹小心翼翼地用她们的钱放高利贷，把钱款贷给基督徒、异教徒和犹太人，她们把金钱利用得极为高明，不久她们的宅邸成了全城财富的聚焦中心。

有了两姐妹作为榜样，也难怪当地的年轻姑娘们再也不愿去忍受辛苦的劳作，就这样，这座城市变成了一座罪恶的欲望之城。

　　然而，古老的格言总是有它的神圣之处：不管魔鬼骑马跑得多快，在到达目的地之前总会跑断腿的。姐妹俩的结局便透着这种教化人的意味。因为随着时间的流逝，男人们渐渐厌倦了这种老套的猜谜游戏。来府邸偷欢的人少了，纵情的火炬也终将熄灭。而所有的人也都已看清，美貌的姐妹俩已经老了：细小的皱纹盘在傲慢的眼睛下面，如珠母般晶透的青春开始从渐渐萎缩的皮肤上剥落。现在，她们试图用化妆品来填补岁月从她们身上夺走的东西，她们拔除两鬓的白发，用象牙小刀除掉皱纹并涂红嘴唇，但这一切都是徒劳。她们的青春一经消逝，男人们就厌倦了。她们在凋谢，而其他的在萌发、茁壮。新鲜欲滴的妙龄女孩，其童贞的肉体对男人分外具有诱惑力，所以集市广场上的这座府邸渐渐被冷落了，门环开始生锈，火炬空燃着，松香寂寞地飘散，再没有人来享受壁炉和姐妹俩肉体的温暖。

　　吹笛人走了，守门人也百无聊赖，两姐妹对坐在楼上的长餐桌旁，回忆着她们觥筹交错，充满欢声笑语的时光。尤其是索菲娅，她怀着忧伤回想昔日抛却一切尘世欢乐，过着独善其身的虔诚生活的情景。当美丽消散，智慧便会择机造访，所以她再次拿起了那些因冷落蒙上了灰尘的虔诚的书籍。于是，一种奇特的意识在两姐妹的心中渐渐形成，正如海伦曾战胜过萦菲娅一样，这一次当历经泥潭的索菲娅提出重新皈依正道的忠告时，世俗的海伦也表示支持。清晨，她们开始行动了：先是索菲娅，她悄悄走进她曾冒天下之大不韪离开的病院，来请求善良人们的原谅，而后是海伦。当她们说出愿意将那些以邪恶的方式聚敛而来的钱财全部赠送给病院时，就连生性最猜疑的仆人也相信她们是真心忏悔了。

就这样，一天清晨，守门人还在打盹儿，两姐妹便以面纱蒙面，穿着朴素的衣裳像幽灵般走出了那一度奢华的宅邸，她们的步态谦卑，一如她们的母亲。五十年前她们的母亲也是这样抛下权贵生活悄悄回到她那低微、贫贱的胡同里去的。她们几乎用了一生的时间来争抢权势和名利，如今却希望整个人间把她们遗忘。据说，在过了很多年默默无闻的隐居生活之后，她们在一家对她们的国王一无所知的外地女子修道院里度过了自己的余生。而她们留给那个病院的丰厚财富，也被人们好好利用起来，他们决定重新建一座漂亮的医院，比阿克维塔尼亚境内的任何一座医院都宏大、漂亮。

于是，一位北方的建筑师设计出图样，工匠们日夜不停，用了二十年的时间才完成，当这座高大的建筑终于竣工时，整座城市的人都震惊了。不同于当地的建筑风格，这是带有女性色彩、饰有石头花边的左右两座塔楼，形态、大小，以及每个细节都如出一撤，以致从第一天起大家便称这两座塔楼为"两姐妹"——也许仅仅是由于它们外貌一致，又或者人们不愿让那一度风靡整个城市的故事失传。于是，这两个既相同又不同的姐妹跌宕起伏的经历和传奇，就这样流传在民间，而人们也乐意将这值得纪念的事情世代相传下去。

无形的压力

　　妻子睡得很香，呼吸均匀有力。她的嘴呈半张开状态，看上去像要绽放出一抹微笑，抑或想说句什么话，绵软的被子安静地铺盖在她身上，使她隆起的胸脯呈现出年轻而丰满的柔和线条。窗口正缓慢地露出微明的光色，这是冬日的黎明。此刻，正是日夜交错之际，半明半暗的光芒游移不定地涌动于酣睡的万物之上，将它们的形体掩盖其中。

　　费迪南轻手轻脚地起了床，他自己也不知道为什么会在这个时候起床。最近，他总会出现这种状况。有时工作只做了一半，他便突然抓起帽子急速走出屋子，他迫不及待地想要到田野中去，越走越快，越跑越快，直到精疲力竭，突然他就会在一个陌生的地方停下来，然后他的双膝会因为剧烈跑动而瑟瑟发抖，两边的太阳穴突突直跳。有时，他正和别人热烈地谈论着一个话题，突然他就会抬头凝视，那一瞬间，他听不懂别人说的话，听不见别人提的问题，他必须使劲控制自己，才能收住不受控的心神。更甚者，就连晚上脱衣服时他也会走神，他会呆呆地坐在床沿上，对着手里一只脱下的鞋子发愣，直到妻子叫他，或者靴子自己掉到地上，他才回过神来。

此刻，刚从闷热的卧室出来的他走到阳台上，一阵寒意袭来，他不由自主地把双肘紧贴向身体，以便让身体暖和一些。从窗中望去，被笼罩在浓雾之中的山下的景色还未苏醒。若在平时，从这所建在高处的小屋望去，就能看到宛如一面磨光了的镜子般的苏黎世湖面上，倒映着匆匆飘过的朵朵白云。而今天的苏黎世湖，却只有一层厚厚的乳白色泡沫浮动着。他的目光所及的景色，他的手所触摸到的东西，全都潮湿、昏暗。树上滴下了水珠，房梁上渗出着潮气，这个渐渐从雾气中升腾而起的世界，仿佛一个刚从洪流中狼狈逃脱的人，身上还正滴落着一串串的水珠。远处有人声透过浓雾传来，叽叽咕咕，沉闷而模糊，犹如一个溺水者吃力的痰喘。偶尔，也能听到铁槌敲打的声音和远方教堂的钟声，要搁在往常，教堂的钟声是清脆而明朗的，而此刻听去，却有一种湿淋淋的味道，就像是一块生了锈的铁块撞击的声音，沉闷湿冷。除了这些声音，在他和他周围的世界之间横亘着的，就只剩下一片潮湿的黑暗了。

　　寒气越来越重了。可他仍站在那，双手深插在衣服两边的衣袋里，他在期待着大雾散去后的晴空，这样，他就可以将山下的景色一览无余。浓雾依旧深沉，犹如一张灰纸般慢慢地从下往上卷起，他当然了解自己是眷恋山坡下这可爱的景致的，他也知道一切事物都依然井然有序，平时使他的心境豁然开朗的美丽景色，只是被清晨的雾霭遮盖住了明晰清楚的线条。他想到了从前，很多次心烦意乱的时刻，只要走到这扇窗前，他总能从眼前平和宁静的景色中找到一些慰藉：对岸的房屋，一幢挨着一幢，亲切而友好。一艘汽艇把澄蓝的水面轻巧安稳地分开，一群海鸥，欢快地飞翔在湖岸的上空；从红色的烟囱里冒出缕缕炊烟，就像一条弯曲的银线被缓缓拉起。还有那不断敲响的午间钟声轻缓地荡在耳畔，所有这一切都如此明晰地向他宣示：和平！和平！这个世界到底是怎样的疯狂，他分明是了解的，可他却一反常态，任由自己去相信这些美丽的标记，不仅如此，他甚至会因为这新选择的栖身之所而忘记了他的故国，虽然，这种遗忘只存在那么几个小时。

　　几个月前，为了逃避这个荒乱的时代，逃避周围的人，他从正处于战乱的国家来到瑞士，之后的日子，他感到那残破不堪，伤痕累累，被恐惧和惊慌弄得烦乱不堪的心灵，在这里渐渐平复，伤口渐渐愈合。这里的景色使他心绪宁和，那纯净的线条和色彩呼唤他去从事艺术创作，因此每当眼前景色幽暗，就像在这破晓时分，浓雾把他眼前的一切全都遮盖之时，他总感到自己已和从前判若两人，并且又有动力推着他向前。这时他心里突然对一切山下笼罩在黑暗中的人们，对他故乡的人们，对那些也是这样沉没在远方的人们产生无限的同情，对他们和他们的命运有着无限的同情，无限的渴望。

在雾霭中的什么地方，教堂钟楼的钟敲了四下，然后为了报时，又以更清亮的声音，敲了八下，钟声响彻三月的清晨。他觉得自己置身于高塔的尖端，说不出的孤独。眼前是广袤的世界，他的妻子在身后她梦乡的黑暗之中。他内心深处萌生了强烈的欲望，想撕破雾气筑成的这道柔软的墙壁，到某个什么地方去感受自己确已醒来，生命确实存在。他仿佛把目光从自己身上射向远方，他觉得在村子尽头，在坡下灰蒙蒙的一片之中，沿着弯弯曲曲的羊肠小道，道路一直向上延伸，通向山岗，仿佛那里有什么东西在慢慢地挪动，是人还是动物。很小的形体为薄雾所遮盖，走了过来，他先是感到一阵喜悦，除他以外居然还有人醒着，可同时也感到好奇、焦急。那灰色的形体现在向前移动的地方，有个十字路口，通向邻村，或者通到山上，那陌生人似乎在那儿稍稍犹豫了一下，吁了口气，然后慢悠悠地沿着羊肠小道登上山来。

　　费迪南感到一阵不安。这陌生人是谁，他问自己，是什么无形的压力驱使他离开他昏暗的卧室的温暖，像我一样，走出门去，踏入这清晨的寒冷？他是要到我这儿来？他想找我干什么？现在，近处的雾已稍散，他认出来了，这是邮差。每天早晨，钟敲八下，他就爬到这山上来。费迪南知道是他，也想象得出他那木然的脸，蓄着水手的红胡须，须根已经变白，还戴着一副蓝眼镜。他叫鲁斯鲍姆，而费迪南则管他叫"鲁斯克纳克"，因为他动作生硬，神态俨然。这个邮差总是把那黑色的大包十分威严地往右边一甩，然后很郑重地把信件交给人家。此时，邮差正一步一步地向山顶走来，邮包在他的左边挎着，他努力迈动着他的短腿，神色相当凝重地走着，看到这里，费迪南不由得想笑。

　　就在这一瞬间，他突然感到自己的双膝直哆嗦。举到眼睛上的手仿佛瘫痪了一般跌落下来。今天，昨天，这几个礼拜一直缠绕着的不安，又一下子向他涌来。他心里感觉到，这个邮差正向他走来，一步一步的，是向着他所在的方向而来。他自己也不知道是出于怎样的心理，就打开房门，从酣睡着的妻子身边悄声溜过，急急忙忙地走下楼梯后，他沿着两旁都是篱笆的小道迎着邮差走下坡去。在花园门旁，他遇上了邮差，"您有……您有……"他支吾着，连说了三次才把一句话表达明白："您有什么东西给我吗？"

邮差抬起脸，一双眼睛透过沾满雾气的眼镜看看他。"是的，是的。"邮差说着猛地把黑邮包向右边一甩，伸出手指——由于寒雾湿冷，他的手指被冻得又湿又红，活像粗大的蚯蚓——在信件中来回摸索，费迪南也被莫名的紧张所致而瑟瑟直抖。终于邮差把信掏了出来，褐色的大信封上面赫然印着"官方文件"四个大字，下面便是他的姓名。"请您签字。"邮差说着，用舌尖把复写笔舔湿，然后把登记簿递给他。费迪南快速地写下了自己的名字，由于过于激动，写的什么都辨认不清。

然后他抓过邮差递给他的那封信。但是，他的手指却是如此僵硬，信件从指间滑落，落到地上、落进湿土和沾染着雾水的落叶之中。他俯下身子去捡那封信件，一股扑面而来的霉臭味直蹿进他的鼻腔。

是的，就是那件事了。现在他似乎终于知道这几周来是什么东西扰乱了他内心的安宁了：就是这封信。他违心地期待着这封从糟乱、粗野的远方寄给他的信，这封信一直在寻找着他，用冷硬的打字机打出的死板字句扑向他那

火热的生命，也扑向了他的自由。他感觉到这封信从一个
不知道的地方向他走来，就像一个骑兵在浓密的树林中巡
逻，突然觉察到在一个他看不见的地方，有一根冷冰冰的
枪管正瞄准他，里面装了一颗子弹，随时打算射进他的肌
肤深处。看来反抗是徒劳的了。他夜复一夜在脑子里思来
想去的那些小小的诡计，全是徒劳——现在他们还是找到
他了。大概八个月以前，还在边界那边的时候，他站在军
医面前赤裸着身体，寒冷和恶心致使他浑身发抖。那个军
医如同一个马贩子一般，用手拍打着他手臂上的肌肉。从
这种屈辱中他认识到，在这样一个动荡的时代，人的尊严
已丧失殆尽，整个欧洲已经陷入奴役之中。

　　整整两个月，他强忍着在宣扬爱国主义滥调的污浊空
气中生活，但是渐渐地，他感到了窒息。他身边的人一张
嘴说话，他就仿佛看见他们舌头上长满了谎言的青苔。他
们的话，使他恶心。每当他看到瑟瑟发抖的妇女们，天还
没亮就拿着装土豆的空口袋，坐在市场的台阶上，他的心
都要碎了。他紧握双拳，来回踱步，他感到自己的胸腔被
一种火热的情绪充斥着，而且充满仇恨。但是这种愤怒是
无力的，于是他对自己也生出了厌恶。多亏有人为他说情，
他才得以和妻子一起移居瑞士。当他即将越过国境线时，
热血突然涌上他的面颊。他脚步踉跄，不得不紧紧抓住柱
子来支撑自己的身体。他有了一种久违的感觉，觉得自己

是个活生生的人了，他感到生活、事实、意志、力量重新回来了，他的肺叶张开，呼吸着空气中的自由。祖国，那一刻对他来说只是监狱和压迫。而异国则成了他的世界故乡，欧洲成了人类的地狱。

不过，这种欢愉、轻松的感觉并没有持续多久。紧接着，恐惧便向他涌来。不知道怎么回事，他预感有种危险还陷在后面这片血腥的密林之中，似乎有一种他既不知道，也不认识的什么东西，却知道他，不肯放过他；甚至有一只冷漠的眼睛，就这么彻夜不眠的、从看不见的什么地方窥视着他。于是，他缩着脖子，就像乌龟躲在壳里一样，他不看报纸，以此来避开让他报到的命令；他更换住宅，以此来掩盖自己的踪迹；他甚至让人把信件都寄给他的妻子，或者留局待领，这样就可以避免和人交往，免得别人提出问题。

很长时间，他隐姓埋名，隐于苏黎世湖畔的这个小村庄里，借了一幢当地居民的小屋。他从不进城，必要的时候就派妻子去买画布和颜料。但他始终很明白，在某一个抽屉里，在千万张纸片当中，必定有那么一张纸。他知道，会有那么一天，会有那么一个人拉开这个抽屉，——他听见，有人取出了那张纸，然后关上抽屉。他听见打字机嘀嘀嗒嗒地响着，打印出他的姓名。这封寄给他的信，在不久就会传来传去，直到最后来到他的手里。

　　如今这封信带着异常的冰冷，在他的手指当中沙沙作响。费迪南努力使自己保持平静。"这不过是一张纸，又能说明什么呢？"他自言自语道，"明天，后天，在这儿的灌木丛上将会有成千上万张，几十万张纸片盛开，它们都一样，和我无关。这'官方文件'四个字意味着什么呢？难道我非读它不可吗？在芸芸众生中，我并没有担任什么官方职务，自然也就没有任何官方职务可以把我束缚住。可我的名字怎么出现在这呢——这难道就是我？谁能强迫我说，我就是它。谁能逼迫着我非把它读完不可？假如我看也不看就把它撕掉，任纸片飘到湖里，那么我就一无所知，别人也一无所知。水珠也不会比原来更快地从树上滴落到地上，从我嘴里呼出的气息也不会因此变样！是的，除非我想要知道，这张纸才会真正存在，不然它怎么可能使我心绪难安？可我不想知道它。是的，除了自由，我什么也不需要。"

　　他的手开始用力，想把那硬硬的信封撕破，撕成碎片。但奇怪的是，肌肉根本不听他的使唤。他觉得他的体内一定是有什么东西在违背他的意志，不然他的手不会不听使唤。他的整个灵魂都希望他的手指把那封信撕碎，然而结果却是，他的双手小心翼翼地把信封打开，颤抖着把一张白纸展开。上面写着他已经知道的事情：号码 34．729F。
根据 M 市区司令部的指示，请阁下至最迟于 3 月 22 日前往
M 市区司令部八号房间报到，再次接受兵役合格检查。军
方证件已由苏黎世领事馆转交，为此，请您务必亲自前往
领取。

　　一小时以后，他再次走进房间，妻子正捧着一束没有
扎好的春花，笑吟吟地迎上前来，她的脸庞无忧无虑，光
彩照人。

　　"瞧，"她说道，"我找到了什么！这些花就在那儿，
在屋后的草地里盛开，可是那些树木之间的背阴地里还有
没融化的积雪呢。"

　　为了迎合妻子的高兴，他接过了鲜花，弯下身子看向
那束花，这样便可以避开妻子无忧无虑的眼睛，然后他急
匆匆地逃到小阁楼上，那里是他的画室。

　　很显然，他的工作受到了影响。他刚把一块空白的画
布放在面前，突然那封信上用打字机打的字句就出现了。
调色板上的颜料，看上去如同泥泞和鲜血。他不由得想到
血浆和溃烂的伤口。在半明半暗的地方放着他的自画像，
他看见下巴下面有个领章。"疯了！疯了！"他跺着脚大声
叫嚷道，企图把这些杂乱的图像驱赶走。但是他的双手瑟

瑟直抖，膝盖下面的地面似乎也在摇晃。他不得不坐下，坐在那个小板凳上缩成一团，直到妻子提醒他该吃午饭了。

几乎每一口饭都能噎住他。仿佛在嗓子眼里，塞着什么苦涩的东西，他每次都想把它咽下去，而它每次都又翻腾上来。他弯着身子无声地坐着，他察觉到妻子在观察他。突然妻子的手轻轻地放在他的手上。

"你怎么了，费迪南？"

他没有回答。

"是不是听到什么坏消息了？"

他使劲地咽了一口唾沫，然后点了点头。

"军方的消息？"

他又点点头。妻子也沉默了。这个沉重的消息突兀地出现在这个房间里，粗大而又沉重，仿佛把一切物什全都挤到一边。它轻手轻脚地贴在刚动过的饭菜上，像一只湿冷的蜗牛，冰凉凉地爬到他们的脖子上，使他们颤抖。他们甚至不敢看彼此，只是弯着腰坐在那里，一声不响。由这个消息形成的重负就这样压在他们无力负担的身上。

终于，妻子说话了——她的声音里有种支离破碎的意味——"那么，他们叫你去领事馆了？"

"是的。"

"你去吗？"

他突然哆嗦了一下，说："我不知道。不过我不去不行啊。"

"为什么不去不行？你现在在瑞士，他们凭什么命令你。你在这儿是自由的。"

他从咬紧的牙缝里狠狠地挤出一句话："自由！在这样的时代，谁还有自由？"

"每个想要自由的人都有自由。尤其是你。这是什么？"她把那张摆放在他眼前的纸片不屑地扔在一边，"这对你能有什么作用，这不过是张废纸，一个可怜的官厅书记员涂过的废纸。对你，对你这个有血有肉的人，对你这个拥有自由的人能有什么约束？它能把你怎么样？"

"这张纸是没有力量，但是把他寄来的人却有强大的力量。"

"那么是谁把它寄来的？是哪一个人？那是部机器，是那架巨型的杀人机器。可是它能抓住你吗？"

"它抓住了千百万人，我又如何能幸免？"

"凭你不愿意。"

"可那些人也不愿意。"

"那是他们当时没有自由。他们左右都是站在枪林当中，他们没有办法。但你要知道没有一个人是自愿去的，没有一个人愿意从瑞士回到那个地狱里去。"

妻子控制着自己的情绪，因为她看到，他很痛苦。她心里不禁生出了同情，一如对待一个孩子。

"费迪南，"妻子依偎着他，"你现在根本不能冷静地思考问题，你吓坏了，我明白，一只狡诈的兽类突然扑到你身上，很容易让人惊慌。可你想想，我们是想到过这封信会来的。这种可能性我们已经谈了上百次，你会让我为你骄傲的，我知道，你会把它撕成碎片，你不会让你自己去充当一个刽子手，你说对吗？"

"我知道，鲍拉，我当然知道，但是……"

"不要再说了。"她打断他道，"你现在已经被恐慌控制了。想想我们之前的谈话吧，想想你写的那份材料——就在写字台左边的抽屉里——你说你永远都不会拿起一件武器。你已经下定决心……"

他跳起身来："可我从来就不坚定，从来就心里没底。我说的那些都是谎言，是为了驱赶我的恐惧。我说这些话是为了安慰自己。要知道这一切只有在我还拥有自由的时候它才是真的。我一直都明白，只要他们一叫我，我还会屈从，还会在他们面前发抖？他们可什么也不是啊——只要他们没有真的闯到我心里去，那么他们就是空气、空话，就什么也不是。可是我还是会害怕啊，因为我向来知道，只要他们一叫我，我就会去。"

"费迪南，你要去吗？"

"不，不，不。"他一跺脚，站了起来，"我不要，我不要去，我心里一万个不愿意。可是我的意志真的不听话。他们威力的可怕之处，就在于它会让你违背自己的意志，违背自己的信念去服从他们。如果你还有意志的话——可是当这张纸出现在你手里时，你的意志就会在瞬间化为乌有，你只有服从。于是你变成一个小学生：老师一叫，你就得站起来，浑身发抖。"

"可是费迪南，是谁在叫你呢？是祖国吗？不是，是那个书记员在叫你！那个无事可做的办公室奴隶！再说，就算是国家也没权力强迫一个人去杀人啊，没有权力……"

"我知道，我都知道，你在向我引证托尔斯泰的话吗！我可知道一切论据啊，你难道还不明白。我知道他们没有权力叫我去，我也知道自己没有责任跟他们走。我只知道一种责任，那就是做人、工作。我在人类之外，早已没有祖国，我也不想杀人，这一切我都知道。鲍拉，我和你一样，把这一切都看得清清楚楚——可如今，他们已经抓住了我，他们在叫我，所以，尽管有上述种种，但我还是会去。"

"为什么？为什么？我问你，这到底是为什么？"

他很痛苦："我不知道。也许因为如今的世界，疯狂比理性更强大。也许因为我不是英雄，所以，我不敢逃走……总之，我没法解释这事，这是一种说不清的压力，我没有能力砸烂这勒死了两千万人的锁链。我做不到！"

他用两只手捧着脸。头上的时钟摆来摆去，如同一个巡逻时间的哨兵。妻子有些微微地哆嗦。"有人在叫你，这我明白，尽管我并不理解。可是难道你就没有听到这里也有人在呼唤你吗？难道这里就没有值得你留恋的东西？"

　　他猛地跳了起来："我的画？我的工作？可是，我已经没有办法再作画了。今天这种感觉尤为强烈。我已经在那边生活了，而不是在这里。现在，当全世界都变成废墟的时候，再为自己工作，这就是一种犯罪。我不该只顾及自己的感受，更不该只为自己生活！"

　　妻子站起来，转过身去。"我从来也不认为，你仅仅是为了自己生活着。我以为……我从前以为，对你来说我也是世界的一部分。"她说不下去了，如泉涌出的泪水已经让她语不成声。他想安慰她，可是当他接触到她的眼泪后面射出的愤怒时，他退却了。

　　"去吧。"她说道，"你去呀！对你来说，我算什么呢？还抵不上这一张废纸。那么你要走，便走吧。"

　　"我并不想去，"他举起拳头无奈而愤怒地敲着桌子，"我真的不想去，但是他们逼着我去。他们强悍，而我软弱。几千年来的战争锻炼了他们的意志，他们组织严密，阴险狡诈，他们早有准备，如同晴天霹雳一般，向我们袭来。他们拥有的是强大的意志，而我却只有神经，这是一场根本没有胜算的斗争。一具血肉之躯是没法对付一台机器的。如果他们是人，我们还可以抵抗。可这是一部机器，一部杀人的机器，一部没有灵魂的工具，它没心脏，也不

读些什么。他只看见自己的双手拿着报纸，抖得越来越厉害。

列车停了下来，苏黎世到了。他有些摇晃地走下车。他知道，那无形的力量要把他带到那儿去，他感觉到自己的意志在反抗着，越来越软弱，越来越无力。他站在一个广告牌前面，强迫自己从头到尾把广告读上一遍，他想要确定他还能自由地控制自己。"我不着急。"他小声地对自己说。可是这句话没说完，那无形的力量却已带着他往前走了。他心里乱极了，异常焦躁，像一台开足的马达般，催他向前。他无能为力，东张西望着想找一辆汽车。他的双腿哆嗦个不停。这时，有辆汽车从他身旁开过，他立马叫住车子，跳了上去，如同着急结束自己的性命一般。他报了街名：领事馆的那条街。

汽车飞驰而去，他的身子往后一靠，闭上了眼睛。他觉得自己正风驰电掣般驶向深渊。他觉得汽车正飞速地把他带向他的命运，这速度给他一种轻微的快感。这种被动的感觉，竟让他很舒服。车子停住，他下车付了钱。在跨进电梯的那一刻，不知怎么回事，那种快感又一次出现了，这样机械地让人驱车疾驰，如今又被电梯带着直往上升，他已经不再是他自己了，而是一股力量，那陌生的捉摸不定的力量，在强迫他这样做。

领事馆的门还没有开。他摁了一下门铃，没人回答。他的心猛然间醒了：回家，快离开，快下楼梯！可与此同时他又一次摁响门铃，门里响起拖沓的缓慢的脚步声。半天门才打开，一个仆人样的人穿着衬衫，手里拿着抹布，显然是在打扫各个办公室。"您要干吗……"仆人很不悦地冲着他嚷道。"通知我……到领事馆来的。"他结结巴巴地说道，一个仆人竟让他这样语无伦次，为此他感到无比羞愧。

仆人生气地转过身子，大声说道："您就不能念一念下面牌子上的字吗？办公时间是十点至十二点，现在这儿没人。"不等他说话，仆人就砰地一下把门关上。

费迪南愣在那里，缩成一团，感到十分羞愧。他看了看表，现在是七点十分。"疯了！我是疯了！"他抖着嘴唇说道，然后他如同一个年迈的老人，哆哆嗦嗦地走下楼梯。

两个半小时——这是一段可怕的空白时间，因为每等一分钟，他的力量就被耗去一分。现在他振作起来，做好一切准备，他需要周密思考，每句话都要说得恰当妥贴，他甚至把整个场面都在心里预演了一遍。可如今，这两个小时如同一道铁墙横在他和他积攒的力量之间。他惊慌失措地感到，他积攒的全部热情已经消散，那些想好的妥贴的话也在他的仓皇逃窜之下，一句一句地从他的记忆里溃散了。

　　来之前他是这样设想的：一到领事馆，就立即让人通报他要见负责军事事宜的处长，他和这个人曾有一面之交。有一次他在朋友那里认识了这位处长，他们有过一些简单的交谈。不论怎么说，找一个认识的对手还是有些用处的。这个人是一个贵族分子，穿着时髦，善于交际，自以为自己人缘极好，为此沾沾自喜。他喜欢隐去自己官员的身份，极力表现自己为人慷慨、心胸宽大的一面。这些人都有这种虚荣心，不知出于怎样的心理，他们都希望被人看成是外交官，是能够自己做主的人物，费迪南就打算利用这一点：让人通报，带着社交界彬彬有礼的风度，先和这个人泛泛而谈，然后问起他夫人是否安好。这位处长必然会给他让座，递上香烟，如果他沉默不语那人就会客客气气地问道："有什么事我能为阁下效劳？"是的，必须由这位处长先开口问他，这点很重要。接着他会表现的很冷漠，无动于衷地答道："我收到一封信，要我到 M 市去进行体验，这想必是个误会。当时我可是被郑重地宣布不适合服兵役的。"必须用冷淡的口吻来说这句话，好让这人马上看出，这只是一桩不足为道的小事。这位处长紧接着便——他很熟悉这个漫不经心的神态——拿起这封信来，向他解释，这不过是例行复查，他在报纸上应该早就看到过军方的要

求，以前体检不合格的人这次也得报名参加。随后他会又
一次非常冷淡地耸耸肩膀，说道："原来如此！我根本不看
报，也没有那份时间。我得工作。"对方或许马上就会看
出，他对这场战争是多么自信，多么毫无担忧。这位处长
当然得向他解释，他必须服从这个要求，虽然处长本人对
此深表遗憾，不过军事当局……说到这里，大概是态度严
厉的时候了。"我明白，"他必须这样说，"可是我现在的
工作让我走不开。因为我已经和人家有约在先，要举办一
次我个人全部作品的画展，我不能失信于我的合作者，做
人要讲信用。"他接着要向这位处长建议，推迟他体检的日
期，又或者让这里领事馆的医生为他复查。

　　一切都将按他的想法进行。从这里开始，会有几种可
能出现。要么这位处长干脆利索地表示同意，那么至少赢
得了时间。可是万一这人客客气气地——摆出那种官方的、
躲躲闪闪的公事公办的面孔——向他解释，这不在他的职
权范围内，无法通融，那他就必须显出坚决的态度。首先
他必须站起身来，走近那人，用坚定的语气，必须非常非
常坚定，不屈服，发自内心的果断口气说道："这点我明
白，不过请您记录在案，本人由于经济方面的缘故，无法
立即应召，我得先尽道义上的责任，并为此推迟三周。本
人愿意承担风险，本人没有丝毫要逃避对祖国应尽的义务
的想法。"对于这几句绞尽脑汁得来的话，他特别得意。

"记录在案"、"经济方面的缘故",这些词听上去就事论事,全是公文的腔调。如果这位处长还用法律上的后果搪塞他,那他就会把嗓音变得更加严峻,果断及时了结这段公案。"我懂得法律,也很清楚法律上的后果。但是对别人的承诺,对本人来说便是最高的法律。为了遵守这个法律,本人必须承担为此惹下的任何风险。"然后他就迅速地鞠一躬,干脆利索地中断这次谈话,甩门而去!是的,他必须让他们看看,他并不是普通的工人或者学徒,等着人家打发他走,而是一个自己做主的人,谈话什么时候结束,得由他来决定。

他来回移动着步子,把准备要说的话默默地背诵了三遍,整体结构,语气他都非常满意,他已经迫不及待地盼着那个时刻到来,就像演员等着恰当的时机,好说出自己的台词一样。只有一处他还觉得不太满意:"本人并不想逃避对祖国应尽的义务。"他觉得这场谈话必须有点爱国主义的客气成分,这点十分有必要,以便让人家看到,他并不是执意违抗,只是还没做好准备,他虽然承认——当然只是在他们面前承认——这很必要,但并不认为适用于他自己。"爱国主义的责任"——这个词太过迂腐。他考虑了一下,也许换成:"我知道,祖国需要我。"不行,这更可笑。或者最好是:"我没有逃避祖国对我的召唤的想法",这样是好一些,不过也不行,奴气太重,所以他不喜欢。如果这样鞠躬,身子又多弯了几公分。他继续斟酌。最好说得非常简练:"我知道,我的责任是什么。"——对,这才对。这句话可以翻过来倒过去,可以理解也可以误解,听上去也更简洁明确。这句话完全可以说得信心百倍:"我知道,我的责任是什么。"现在一切都已就绪。但是,他又神经质地看了看表,现在才八点,他觉得时间过得太慢了。

他沿着马路慢慢遛达着,不知道往哪儿去,于是他走进一家咖啡馆,想看看当天的报纸。可是那些繁密的字句使他心烦,报上随处可见的祖国和责任,扰乱了他的方案。他喝了一杯甜酒,又把第二杯一饮而尽,他想以此来压一压喉咙里的苦味。他一面思来想去如何打发这些时间,一面把他事先想好的谈话片段慢慢地拼凑起来。突然他摸了摸自己的面颊:"没刮脸,我没刮脸!"他急忙向对面的理发馆跑去,剃头、洗发,花去了他半小时的等待时间。接着,他又意识到,他必须穿着考究一点,这在领事馆里非常重要。他们对穷鬼往往会趾高气扬,呼么喝六,但如果你衣着时髦、谈笑自若、举止得体的话,他们就会对你另眼相看。这个想法使他陶醉。他让服务生把他的外套整理得干干净净,然后又跑去买了一副手套。他挑来挑去,费了不少心思。黄颜色,似乎过于扎眼,太像花花公子;珠灰色的收敛,效果更好。弄完这一切他又在马路上瞎逛。在一家裁缝铺的镜子面前,他把自己端详了一番,正了下领带。忽然，他发现自己两手空空，他想到，拿根手杖或许能使他的访问显得更随意些。他又赶快跑去挑选了一根手杖。等他走出商店，钟楼上九点三刻的钟声正好敲响，他再一次背诵他的台词，他觉得满意极了。新的版本是："我知道，我的责任是什么。"现在这是最强有力的一句。现在他心里踏实了，迈开非常坚定的步伐，跑上楼梯，突然间，他的脚步轻快得像个男孩。

约一分钟之后，仆人打开了门，他心里突然一惊，他觉得自己可能打错了算盘，这使他心烦意乱。一切都不像他所预想的那样。他问起那位处长，仆人对他说，秘书先生有客，他得等一等。那仆人说着，十分不客气地指了指一排椅子当中的一张，已经有三个人苦着脸坐在那儿。他有些气愤地坐下，心有敌意地感觉到，他在这儿只不过是处理一件事情，了结一个问题，只不过是个普通的案件。他身边的那几个人在互相诉说彼此凄惨的命运，其中一个像是哭诉地说道，他在法国拘留营里关了两年，之后出来也没人预支他回国的路费；另一个抱怨无处谋职，他还有三个孩子等着他养。费迪南气得心里直颤：他们是让他坐在申请救济者的座位上。他发现，这些小人物低三下四可又满是抱怨的样子令他大为光火。他原本想把自己想好的那些话再重新梳理一遍，可是这些家伙的谈话显然扰乱了他的思路，他恨不得冲着他们大叫："住口，你们这些无赖!"或者从口袋里掏出一些钱来打发他们回家,但令人沮丧的是,他的意志完全瘫痪,他和他们一样,手里拿着帽子,跟他们坐在一起。另外,不断来往的人群在房门口进进出出,也使他心乱如麻。每个走来的人他都担心会是熟人,会看见他坐在申请救济者的座位上。只要门一打开,他的心就戒备起来,随时做好准备,然后又失望地缩了回去。

他越来越清楚地意识到,他现在必须走掉,赶快逃走,趁他的意志力还没有完全消失。有一次他振作起来,起身对那个像警卫一样站在他们身边的仆人说道:"我可以明天再来。"可是仆人却安慰他:"秘书先生马上就有空了。"他听完膝盖立刻弯了下来,在这儿他就是个俘虏,没有一丁点儿的反抗能力。

终于,一位妇人走出门来,她满脸笑容,高抬着头以一种优越的目光骄矜地从等候者的身旁走过。仆人已经在喊:"秘书先生现在有空了。"费迪南立刻站起来,不过他发现他把手杖和手套放在窗台上了,只是他发现得太晚,要返回去已不可能了,门已经打开,他回头看了半眼,那些混沌的思想已经把他弄得昏头昏脑,就这样,他走了进去。处长正坐在办公桌旁看什么东西,现在抬头匆匆看了一眼,并向他点点头,却没有请这他坐下来的意思。这位处长客气而又冷淡地说道:"啊,我们的 Magisterartium。马上就完,马上就完。"他站起来,向旁边的房间叫道:"请把费迪南的档案拿来,前天就办好了,您知道的,召集令已经寄给您了。"说着他又坐了下去:"看来连您也要离开我们了!好吧,但愿您在瑞士的这段时间过得很好。不过,您的气色确实不错。"处长说着匆匆地翻阅起文书给他拿来的档案:"前往 M 市报到……对……对……没错……一切都很正常……我已经叫人把证件都准备好了……您也许用不着旅费补偿金吧?"费迪南站着,一颗心直往下沉,他听见支吾的语言从自己的口中说出:"不用……不用。"处长便在那张纸上签了名,然后递给他:"原本您明天就该起程的,不过事情也不是那么着急。让您最后一幅杰作上的油彩干一干吧。如果您还需要一两天来处理一下您的各种事情,就由我来承担责任吧。祖国也不急于这一两天。"费迪南当然明白,这只是一个玩笑,他应该对此报以微笑,他的嘴唇向上弯起,他心里翻腾着:"说几句,我现在得说几句。别像根棍似的这样站着。"终于他挤出了两句:"只要应征入伍的命令吗……我另外……不需要护照了吗?""用不着,用不着。"处长笑道,"在国境线上不会有人找您麻烦的。再说,您已经报到了。好吧,祝您一路平安!"处长把手伸给他。费迪南知道这是下逐客令了。他突然眼前一黑,便快速地摸到门边,胸腔一阵恶心。"往右,请往右走。"他身后的声音如是说道。他走错门了。处长及时为他打开那扇出去的门，他在模糊之中仿佛看见处长脸上挂着一丝微笑。"谢谢，谢谢……您不必费心了。"他还结结巴巴地说道，而心里却对自己这种行为火到不行。刚走到外面，仆人便把手杖和手套递给他，他就想起自己之前演练数遍的台词："经济方面的责任……记录在案。"他这一生从来没有这样羞愧过：他还向此人表示感谢，彬彬有礼地表示感谢！可是他连愤怒也愤怒不起来。

脸色苍白的他缓缓地走下楼梯，仿佛走路的并不是他自己。那股力量，那股陌生的、冷漠无情的力量，已经控制了他，这股力量吞噬了整个世界。

下午他回到家里已经很晚了。他脚后跟很痛。一连几小时，他漫无目的地乱跑，三次路过家门又退了回去。他原本想从长满葡萄的山后那条隐蔽的小道溜回家去的，却被那条忠实的狗发现了。它狂吠不止，一下子就扑到他身上，热情地猛摇尾巴。他的妻子在门口站着，只消一眼就可以看出，她什么都知道了。他没有说话，径直跟着妻走了进去，他感到很羞愧。

妻子没有发火，也没有看他，很显然是为了不使他痛苦。妻子拿出一些冷肉放在桌上。他顺从地坐下，这时妻子走到他的身边。"费迪南，"妻子说道，声音抖作一团，

"你病了。现在我没法和你说话。我不想责备你，你现在的行为可不是发自内心，我能感受到你的痛苦。但是有一点请你答应我，在这件事上，如果你不打算和我商量，就不要采取任何行动。"

他不说话，他妻子变得更加激动了。

"你一直都是自由的，我从来没有干预过你的个人事务，这曾是我最引以为傲的地方。但是你现在不仅在轻贱你的生命，也在轻贱我的生命。我们花了那么长的时间来建设我们的幸福，我不会让这一切被毁掉的，不会让你为了国家，为了杀人，为了你的虚荣心和你的软弱而放弃的。你听见了吗！你在他们面前软弱，我可不软弱。我知道这关系到什么，我绝不让步。"

他依旧沉默着，这种卑微的自觉有罪的沉默，让妻子骤然愤怒起来。"我不会让一张破纸从我身边夺走任何东西，这种谋杀式的法律我是概不承认的。我不会在公堂上折断我的脊梁骨。你们这些男人已经被各种意识形态给毁了，满脑子想的都是政治和伦理，可我们女人不一样。我也知道祖国意味着什么，但我更知道，今天她是什么：是谋杀和奴役。你可以属于你的人民，但是如果你的人民都发疯了，你也要和他们一起发疯吗？对他们来说你也许只是数字、号码、工具、炮灰，而对于我，你是一个活生生的人，我绝不把你交给他们，绝不！我从来没有狂妄自大到为你做出什么决定，但是现在，我要保护你，一直到今天我都是一个头脑清楚的人，我很清楚自己要做什么，而你呢，已经变成了一部毫无意识、陈旧迂腐，只会尽责任的机器，你已经丧失了你的意志力，就和那边千百万的牺牲品一样。为了让你就范，他们抓住了你的神经，可是他们把我给忘了，我从来没有像现在这样坚强。"

他保持着他的静默。在他身上已经看不到任何抵抗力，既不抵抗别人，也不抵抗她。

妻子挺直了身子，像一个准备战斗的战士。她的声音坚定、果断、充满力量。

"你去领事馆都做什么？我要知道。"这句话就是一道命令。他无力地拿出那张纸，递给她。妻子皱起眉头读了一遍，咬紧牙关。然后鄙夷地把它扔在桌上。

"他们倒挺着急的！明天就得走！你或许还向他们表达了感谢吧，用你那种顺从的样子。'明天前去报到'！前去报到！还不如说：去做奴隶。不，还没有到这种地步！还远远没到这种地步！"

费迪南站起来，一脸苍白，他的手痉挛地抓住沙发："鲍拉，别自己骗自己了，已经这样了！你找不到出路，我曾经试图反抗，可是不行。这张纸，即使我把它撕成碎片，也改变不了什么。别再让我心烦了，我注定了没有自由。每一分钟我都会感到，在那边有什么在召唤我，在寻找我，在拉我、拽我。或许到了那边我倒能轻松些，在监狱里获得一种解脱。只要我还在国外，就总觉得自己是个逃犯，这样我永远都无法获得真正的自由。再说，为什么一定要这么悲观呢？他们第一次把我退回来了，或许这次也是这样啊？说不定他们不发武器给我，我甚至可以肯定，我会得到某种轻松的差使。为什么一定要想到最坏的可能性？也许上帝眷顾我，不见得我一定会陷入悲惨。"

妻子寸步不让："现在问题已经不在这里，费迪南。不在于他们给你的差事轻松或者沉重。而在于你是否为那些恶毒的人去效劳。你是否甘愿违背你的信念，参与这场浩大的犯罪行为。因为谁不拒绝，谁就是帮凶，所以你必须拒绝。"

"我能拒绝？我什么也不能，什么也干不了！从前使我坚强的东西，我的反感、仇恨和愤怒，如今早已把我压垮了。我求你，别折磨我了，别跟我说这样的话。"

"不是我说这样的话。而是该由你来对自己说，谁也没有权利来支配一个活人。"

"权利！你竟然对我说权利！如今这世界还有权利吗？它早已被谋杀了。每个人都有自己的权利，可是他们，他们却有权力，权力就是一切，你懂吗？"

"他们为什么拥有权力？还不是你们把权力给了他们。你们胆怯一天，他们就多拥有一天。那些被我们所痛恨的人，是由世界各国十个意志坚强的人组成的，但是，十个人也可以把这一切摧毁。一个人，一个活生生的人如果不承认这权力，这权力就得完蛋。可是只要你们有一丝恐惧，只要你们躲来躲去，想从他们指缝中溜过去，而不是一举击中他们的心脏，那么你们就会永远成为奴才，不配有更好的待遇。一个人，如果他是个男子汉，就不能任人摆布；你得说'不'，知道吗，这才是你今天要担负的责任。"

"可是鲍拉……你想什么……我应该……"

"如果你心里说'不'，你就应该说'不'。你知道，我爱你、爱你的自由、爱你的工作。可是如果你今天对我说一定要到那边去，跟手枪去争取权利，如果我知道你非这样做不可，那么，我一定会对你说：你去吧！可如果你为了一个你自己也不相信的谎言回国去，由于软弱、由于神经质、由于抱着一种侥幸，那我就看不起你。是的，我看不起你！你如果是为了人类，为了你的信念要回国去，我不拦你。可是为了到野兽当中去当个野兽，到奴隶当中当个奴隶，那我坚决反对。你可以为你自己的思想而牺牲自己，而不是为了他人的游戏……"

"鲍拉！"他不由自主地站了起来。

"你是不是觉得我的言论太忤逆？你是不是已经感到有人在你背后用军棍抽你？你完全无需害怕！我们还在瑞士。你要我保持沉默或者对你说：你不会出什么事的。可是现在已经没有时间来多愁善感了。它已经迫在眉睫，关系到我和你！"

"鲍拉！"他再次试图打断她。

"不，我再也不会同情你了。我把你看作一个自由人才选择你、爱你的。我看不起懦弱和自欺欺人的人。为什么要我同情你？在你心里，把我当作什么呢？为了一张废纸，你就想抛弃我。我可不是让人家抛弃之后又拣起来的人，现在你决定吧！是要他们还是要我！是拒绝他们还是抛弃我！我知道，如果你留下，我们会遭到沉重的打击，我将和我的父母以及兄弟姐妹再无相见之日，甚至他们会阻止我们回国，可是我不在乎，只要你跟我在一起。但是你现在如果选择走，那么我们就是永远的分开。”

他只是不停地呻吟，而妻子却被愤怒冲击得亢奋起来。

“要我，还是要他们！你没有第三条道路可走！费迪南，趁现在还有时间，你好好想想。我们没有孩子，为此我常常觉得很伤心，可如今我第一次为此感到高兴。我不想给一个懦夫生孩子，更不愿抚养战争的孤儿。我从来没有比现在更依恋你，也许现在的我让你痛苦，但是我跟你说：这次离开不是演习，而是真正的离别。你如果为了应征入伍，为了追随这些身穿制服的杀人犯而离开我，那你就不用再回来了。我绝对不和一个罪犯、一个吸血鬼、一个没有希望的国家来分享我的爱人。所以。你必须做出选择！”

妻子说完这番话便猛地关上门走了，而他还站在原地抖瑟着。剧烈的关门声使他膝盖发软。他只好坐下蜷缩着身体，他的脑子麻木、毫无思想。他用两个握紧的拳头抱住脑袋，之后像一个小孩似的失声痛哭。

整个下午妻子没有再进房间，可他感觉到，她就在门外，带着怒气、全副武装。同时他也知道，那另一个存在，一个钢铁般的机械，冷冷地插进他的胸中，驱赶着他向前奔驰。有时候他试图把各个细节从头梳理一遍，可是思想老是集中不起来，他坐在那里陷入了沉思。不过遗憾的是，他最后的一丝安宁也粉碎了，他变得心烦意乱，坐立不安，只感到他的生命被一种无形的力量抓住，在使劲地往外拽，几乎要将他一分为二。

为了缓解这种躁动，他去翻弄书桌的抽屉，撕掉一些信件，瞪眼看着另外一些信件，却一句话也看不明白。他摇摇晃晃地在屋里走动，坐下去又站起来，又坐下，他被弄得精疲力竭。然后他发现他的手正不受控制地整理旅途所需的物品，从沙发底下把背包拉出来，他震惊地看着自己的双手，这双手似乎无需自己去支配，它就已经把这一切都做了。当背包收拾妥当放在桌上的时候，他惊诧地看着，浑身发抖。他甚至觉得自己的两个肩膀变沉重了，就像背包已经压在上面，而这里面装着的，是这个时代的全部重量。

门开了，是妻子进来了，她手里拿着煤油灯。灯放在桌上，一圈亮光正好照在准备好的背包上，就像隐蔽的耻辱，一下被灯光从黑暗中揪出来。他结结巴巴地说："这只是为防万一……我还有时间……我……"可是一道凝固不动、坚如石头、毫无表情的目光，打断了他说的话。妻子正凝视着他，长达几分钟，牙齿咬着抿紧的嘴唇，绝望而又顽强。她一动不动，微微摇晃着身子，把目光射到他身上。最后，她唇边的紧张消失了，她背过身去，肩头一阵抽搐。她离开了，没有回头。

几分钟后，侍女进来，给他端来饭菜。身边的座位空了，往常妻子坐在这里。他心里充盈着一种难以形容的情绪，一眼望过去，看到了残酷的画面：背包在小沙发上放着。他觉得，他已经走了、已经离去，对于这幢房子来说，他已死亡。墙黑黝黝的，煤油灯的光照不到墙上。屋外，灯光后面山风凛冽，这样的夜晚使人感到压抑。远方一切都静谧无声，高远的天空无言地覆盖着地面，一派寂寞之感。他觉察到，身边的一切，房子、景色、作品，还有妻子，这一切正慢慢地在他心里死去，曾经开阔的生活也干涸了。他突然觉得他迫切地需要爱情，需要温暖的话语。他想要接受妻子的一切忠告，只要能重新回到往日的生活。悲愁淹没了烦躁，他如同孩子般渴望得到小小的温存，之前高昂激越的情绪如今已荡然无存。

他走到门口，扳了一下门把，它动也不动，门上了锁。他迟疑地敲敲门，没有回答。再敲一次，除了他怦怦直跳的心，别无声响，一切都沉寂无声。于是他知道：一切都完了。寒意迅速向他袭来，他关了灯，和衣躺在沙发上，盖上毯子。他现在唯一的希望就是这一切从来没有发生过。他再次倾听，仿佛有什么动静。他抬起头向着房门的方向仔细听，什么声音也没有。他的脑袋又倒了下去。

突然沙发下面有什么东西碰了他一下。他吓得跳了起来，不过当他发现那条狗之后，惊吓很快就变成了感动。那条狗是刚才跟着侍女溜进门来，趴在沙发底下，现在它蹭到他身边来，用温暖的舌头舔他的手。动物的这种无知的爱显然让他无比温暖，因为这爱来自已让他绝望的世界，因为它是以往的生活留给他的最后一点还属于他的东西。他弯下身子拥抱着那条狗，就像是在拥抱一个人。他感到，这世界上居然还有一个生命爱他、不轻视他，对它来说他不是机器、不是杀人工具，也不是胆怯的人，而是一个可以爱、可以亲近的人。他不停地抚摩那柔软的毛皮，动作很温柔，狗跟他挨得更近，仿佛知道他的孤独。他们两个一起呼吸着，渐渐沉入睡梦。

他醒来的时候，觉得神清气爽，在明亮的玻璃窗外，清晨的曙光格外明朗。山风把蒙在万物之上的阴影吹走了，晶莹闪亮的湖面，映出远山白色的轮廓和连绵不断的山峦。费迪南一跃而起，由于睡过了头，他觉得有些晕晕乎乎，站好后他第一眼就看到了已经整理好的背包，这时，他才完全清醒了过来。突然间，他什么都想起来了。不过，他昨天的紧张情绪在大白天显得轻松了一些。

"我弄背包做什么？"他问自己。

"是啊，我还不想出门呢。春天已经来临。我要作画。那并不是什么火烧眉毛的事情。他不是也这么跟我说了吗，还有几天时间。就算动物也不会自己跑到屠宰场去。妻子说得对：这是一种对她、对我、对大家的犯罪行为。说到底他们也不会把我怎么样。如果我晚点儿再去，也就是关我几个礼拜禁闭，可当兵不也是坐牢吗？我对政治毫无野心，是的，在这个奴役的时代拒绝也是光荣，我不要离开，我要待在这儿，我要给这里的风景作画，这样等我以后回忆起来，才能知道我曾经在什么地方有过幸福的时光。在这幅画没有装进画框之前，我是不会走的。我不能让别人来摆布我的生活，不能。"

他拿起背包，一挥手把它甩到墙犄角里。他在扔的时候感受到了自己的力量，心情也更加舒畅。趁着神清气爽之际，他迫切想要试试自己的意志力。他从皮包里取出那张纸，想把它撕掉，他把那张纸展开。

奇怪的事情又发生了，这张纸条又重新控制住了他。他开始读起来："您务必……"这句话一下子打在他的心上，仿佛是道不容违抗的命令。突然，他的身体摇晃起来，无名的恐惧又从他心里升起。他的手开始瑟瑟发抖，力量

也消失殆尽。一股寒气不知从何方吹来，就像吹过一道穿
堂风，让他的心里又感到不安。那个让他无力反抗的陌生
意志又开始在他心里转动，他所有的神经都紧张起来，一
直绷到手脚的关节。他不由自主地看了看钟。"还有时间。"
他喃喃自语，却不明白自己在说什么，是指驶开向那边的
早车，还是他自己的期限。这种神秘的意志如同退去的潮
水，又冒了出来，比以往更加强烈，他觉得他要屈服了。
他很清醒的了解：现在如果没有人拉住他，他就完了。

　　他摸索着来到妻子的房门前，屏息倾听，毫无动静。
他屈起手指迟疑地敲敲门，一片沉寂。他再敲一次，仍是
一片沉寂。他小心翼翼地扳了下门把，门没上锁，可是屋
里没人，床上被褥零乱。他吓坏了，轻唤妻子的名字，没
有回答。他更加恐惧了："鲍拉！"他开始满屋子大声喊叫，
像一个遭到突然袭击的人："鲍拉！鲍拉！鲍拉！"还是没
有一点动静。他摸索着走进厨房，厨房里空空的。他怅然
若失，这可怕的感觉在他心里上蹿下跳。他又跑到楼上画
室里，他已经不知道该做些什么了：是想向画室告别还是
想让画室挽留住他。可是这里也没人，就是他那条狗也不
见踪影。他被抛弃了，一股强劲的绝望向他袭来，摧毁了
他最后的一点力量。

　　穿过空荡荡的屋子他又回到他的房间，从墙角处抓起

背包。不知什么原因，他屈服于这无形的压力，反而觉得自己轻松了。"这是妻子的错，"他自言自语，"对，是她一个人的错。她不该这样走掉，她应该留住我才对，这是她的责任。她完全有能力拯救我的，可是她放弃了。她看不起我。她对我的爱已经消失了。她让我跌倒，所以我就跌倒了。我的鲜血洒在她身上！这是她的错，不是我的，是她一个人的错。"

走出房子，他再一次转过身去。或许会从什么地方传来一声呼唤，一句充满爱意的话。或许有什么东西想用拳头砸烂他心里那台钢铁机器。他失望了，没人说话、没人呼喊，也没人露面。他被抛弃了，他似乎能感到自己进了一个无底深渊。蓦然他心里有了一个念头：再走十步走到湖边，从桥上纵身一跳，是不是所有的痛苦就都解脱了。

教堂塔楼的钟声又响起了，沉重而严峻。那严峻的钟声穿过晴空，就像一记鞭子，把他惊起。还有十分钟，列车就会开来，然后一切就都过去了，干净彻底，不再重来。还有十分钟，可这十分钟对他而言不再是自由，他像被人追赶着拼命向前奔去，跌跌撞撞、跑跑停停、气喘吁吁地向前跑。他怕误车，吓得要命，他越跑越快，越跑越急，直到他跑到月台上，几乎和栏杆前的什么人撞个满怀，才停了下来。

他瞪大眼睛，背包从他失去知觉的手上滑落。站在面前的正是妻子，此刻她脸色苍白，一夜没睡的样子，正用一双悲哀的眼睛望着他。

"我知道，你会来的。三天前我就知道了。可是我不能离开你。一大早我就在这里等，从头班车等起，并打算一直等到末班车。只要我还活着，他们就别想抓到你。费迪南，你好好想想啊！你自己不是说过，还有时间，干嘛这么着急？"

他忐忑不安地直瞪着妻子。

"可是……我已经报名了……他们在等我……"

"谁在等你？是奴役和死亡在等你吧，此外没有别人！你能不能清醒一下，费迪南。你感觉一下，你现在还是自由的，完全自由，没有谁可以控制你，也没有谁能对你发号施令。你听见了吗，你是自由的、自由的！自由的！我要对你说千百遍、上万遍，每分每秒都说给你听，直到你自己也感觉到，你是自由的！自由的！自由的！"

这时，两个农民从旁走过，好奇地转过头打量他们，"我求求你，"他轻声说道，"别说得这么大声。别人都在看……"

"别人！别人！"她愤怒地叫道，"别人和我有什么关系？如果你被炮弹打得血肉横飞，或者断了腿，瘸着走回家来，别人又能帮我什么忙？什么别人，别人的同情、别人的爱、别人的感激，对我都毫无意义——我只要你这个人，你这自由的活人。我要你自由，自由，我不要你去当炮灰……"

"鲍拉！"他轻唤着她，企图使妻子息怒。妻子却将他一把推开："快丢开你那胆怯的的恐惧！我现在是在一个自由的国家，我有言论自由，我不是奴役，我也不会放你回去做奴役！费迪南，你如果坐车走，我就挡在火车头前面……"

"鲍拉！"他把妻子按住，可是妻子脸上突然露出一种万分痛苦的表情。"不，"她说道，"我不想撒谎，或许我也很胆怯。千百万妇女在她们的丈夫，她们的儿子被拖走的时候，都会胆怯，但却没有一个女人去做她们必须做的事情。我们也中了你们怯儒的毒。要是你乘车走了，我该做些什么呢？呼天抢地地痛哭？跑到教堂去求上帝保佑？又或者去嘲笑那些没有去的人？哈哈，在这个荒唐的时代一切都有可能。"

"鲍拉。"他握住她的双手，"既然我已别无选择，你又何必再这样令我难过？"

"你想要轻松？不，就得让你难过，无限难过，尽我所能地让你难过。我就站在这里，除非你从我身上踏过去。否则，我绝不放你走。"

急促的信号钟声响起了，他猛地一惊，一张脸无比苍白，他刚要抓起背包。可是妻子已抢先一步夺过背包堵在他面前。"给我。"他乞求道。"绝不，绝不！"妻用尽力气说道，一面和他争夺。一旁的农民围了过来，像是在看一个笑话。火上浇油，近乎疯狂的喊叫声一阵接着一阵，正在玩耍的孩子也跑了过来，但他们两人丝毫没有注意到，只是拼命似的争夺着背包。

就在这时，火车头长吼一声，列车便轰隆轰隆地开进站来。突然，他放弃了背包，头也不回，发疯似地越过铁轨，跑向列车，奔着一节车厢，跳了进去。周围响起轰然大笑，农民们尖声向他喊道："赶快逃吧，她要逮着你了。""快点，快点，她要抓着你了。"他们一个劲地催促着他往前快跑，身后大笑的声浪就像阵阵鞭挞，抽打着他的羞耻。

这时，列车开动了。

妻子呆呆地站在那里，手里拿着背包，人们的哄笑声劈头盖脑地向她袭来。她凝视着开得越来越快、渐渐消失的列车，一句告别的话也没有，一点表示也没有。绝望的眼泪瞬间夺眶而出，遮住了她的视线，直到她什么也看不见了。

坐在角落里，他蜷缩着身子，列车越开越快，他不敢向窗外看上一眼。他所拥有的一切，山坡上的小房子、连同他的画、桌椅、窗、他的妻子、狗，还有许多幸福的日子，都从窗外飞了过去，被急速行驶的列车撕成了碎片。他经常观赏的这开阔的景色，如今也连同他的自由和他整个的生命一起被远远地抛去。他觉得他的生命通过他身上所有的血管慢慢流出体外，最后什么也没留下，只剩下这一张白纸，在他口袋里飒飒作响的一张纸，他就带着这张任意摆弄他生命的纸，在风中飘散。

他有些迟钝地预感到，他将遭遇到一些事情。果然，列车员要看他的车票，他没有票，他像个梦游者似的说他的目的地是边境小镇，他不受控制地又换乘另一次列车。反正他心里的那台机器会替他做这一切，反正他已经麻木了。到了瑞士边境站，边防官员要他出示证件。他把证件交给他们：他已经一无所有，只剩下一张白张。偶尔他那些已经失落的东西在内心深处试图提醒自己，就像从梦境中发出的吃语："回去吧！你现在还自由！你并不是非去不可。"可是他心里的那部机器没有说话，却坚定地支配着他的肢体，驱使他向前走，那是一道看不见的命令："你别无选择。"

他站在月台上，前方便通向他的故国，在昏黄的光线里，可以清楚地看见有座桥横跨在河上——这就是边界。他那麻木的思维试图理解这个字的含义：就是说在这里，你还可以生存、呼吸，自由自在地做你喜欢的事情，按照自己的意愿从事工作。过桥走八百步，你的意志就不再属于你了，就像从动物的体腔里取出它的内脏，你必须服从一些你从未见过的人，并且把刀子扎进另外一些陌生人的胸膛。这便是这座小桥的意义。在两根横梁上面架起几百或者几十根木头桩子，有两个大兵身穿式样不同，花花绿绿的荒唐服装，手执步枪站在那里守卫这座小桥。一些不清晰的思绪折磨着他，他感到已经无法正常思考，可是思想却继续向前滚动。他们在这里守卫些什么呢？阻止人们从一个国家越境到另一个国家。谁也不许从那个剥夺人们自由意志的国家逃到另一个国家去。而他自己，竟然愿意到那边去？是的，但是从另一个意义上，他是从自由走向……

他想尽办法让思绪停下来，关于边界的思想已经把他催眠了。自从他凭着感官制造的幻觉具体地看到边界，实实在在由两个身穿军装的市民看守着，他对他心里的某些事情就有些无法理解了。他试图解释给自己听：正在打仗。可是他的那个国家才打仗——在一公里以外才有战争，准确地说，差二百米不到两公里。他忽然想起，也许还要少十米，也就是说，一千八百米还差十米。一种说不清的疯狂的欲望在他心里突然出现，他要调查一下这最后十米土地内是否有战争。他突然觉得自己的这个想法很有意思。或许在什么地方会有一条线，一条真正的界线，如果现在往边境走去，一只脚在桥上，另一只脚还在地上。那么他算什么呢，是自由人，还是说已经是士兵了？一只脚穿平民的靴子，另一只脚穿着军靴。这种越来越孩子气的念头在他脑子里上蹿下跳。如果是站在桥上，那就等于过了边界，如果跑回来，就该算是逃兵了？这河里的水，是嗜血还是爱好和平？或者在河底某处也有一条线，来表示着各个国家的界限？那么这些鱼呢，它们可以游到对面战区去吗？还有这些动物！他想到了他的狗，如果它也跟着来了，他们或者也会把它动员起来，说不定派它去拉机关枪，或者在枪林弹雨中去寻找伤员。谢天谢地，幸好它没跟出来。

　　想到这里，他被惊吓住了，他暗示自己一定要振作起来。自从他具体地看见了这条边界，这座介乎生死之间的桥，他便察觉到有什么东西开始在他的心里运转起来，不过不是那台机器，而是一种强烈的、想要醒来的认识，是一种反抗。另一条铁轨上他来时乘坐的列车还在那停着，只不过在他胡思乱想的这段时间里，火车头已换了方向，随时准备把列车再拉回瑞士去。这无疑是在提醒他，现在一切都还来得及。他感到，那根渴望回到已经失去的家的死去的神经，又开始有了生机，从前的那个热情自信的他又活了过来。他看到那边，桥的那头站着的士兵，穿着陌生的制服，扛着沉重的步枪正百无聊赖地踱过来踱过去。在这个陌生人身上，他看到了自己的影像。这一刻他终于清楚地知道了他的命运，所以他也就看到了他的命运里将要出现的毁灭，所以，他的生命在他的灵魂里苏醒了。

刺耳的信号钟声此时又在他的耳边频频响起，这尖锐的声音扰乱了他正迟疑着的感觉。他知道，现在一切都该结束了，他如果乘上这辆列车，三分钟后，就会驶过这两公里，开到桥边，越过桥去。他甚至相信了，他会去的。再过一刻钟，他就不用再如此煎熬了。这样想着，他便体力不支地站在那里。

不过，列车并不是从他以为的远方驶来，而是从桥那边轰轰隆隆地慢慢驶过桥来。顿时，候车大厅便骚动起来，人们从各个候车室蜂拥而出，妇女们叫嚷着用尽力气往前挤，瑞士士兵则急急忙忙地排成一队。突然音乐响起，他侧耳细听，简直不相信自己的耳朵。可是这乐声响亮，不会听错的，正是《马赛曲》。从德国开来的列车竟然奏起了敌人的国歌！这让他万分惊诧。

列车轰轰隆隆地带着喘息声进了站，慢慢停了下来。候车的人们一拥而上，各个车厢的门都被猛地拉开，一群脸色苍白的人从列车上走了出来，灼热的眼睛里满是狂喜的光芒——身穿军装的法国人，法国的伤兵，这些人都是他故国的敌人，全都是敌人！他像是做了一个短暂的梦，然后他才明白，这是专门运载交换伤员的列车，这些人是在这里获释的战俘，是从疯狂的战争中获救的人们。他们都了解到，感受到了这一点，他们挥手致意、纵声欢笑，尽管有些人欢笑的脸上饱含着眼泪和痛苦！一个伤兵摇摇晃晃、跌跌绊绊地踩着木制假腿走了出来，用一根柱子支撑住身体，他喊道："LaSuisse！LaSuisse！Dieusoitbeni！"妇女们隐忍着痛苦小声哭着，从一个窗口冲到另一个窗口，寻找着她们的亲人。人们呼喊、哭泣、相互安慰，嘈杂的人声乱成一片。不过，他们的情绪都很高昂，欢呼雀跃，纵情哭笑。音乐停止演奏，有那么一会儿的工夫，他什么也听不见，只听见汹涌澎湃的感情之浪叫嚣着、呼喊着，向人们扑面而来。

声浪渐渐趋于安静。三五成群的人们幸福地聚在一起，沉浸在欢乐之中，他们激动地互相交谈。有几个女人还呼喊着跑来跑去。护士们送来饮料和礼品。人们用担架把重伤员抬出车厢，他们身上裹着白色的绷带，脸色惨白，人们温柔地小心翼翼地围在他们身边，安慰着、关心着。人世间的全部悲惨似乎都在这里得以集中体现：有的伤兵失去了手臂，袖子空空，有的被炸断双腿，有的严重烧伤。他们原是年纪正好的青年，如今却变得粗野而苍老。让他难以理解的是，他们所有人的眼睛都仰望着上天，流露出一种骄傲的光芒：他们竟以为这是一条神圣的朝圣之路，而他们也圆满到达终点。

弗迪南站在这批意想不到的来客中间，如同瘫痪了一般。那张纸下面，原本无力的心脏猛烈地跳了起来。他看见在远离人群的地方，有副担架孤零零地停在那里，无人问津。他走过去，脚步踉跄，动作缓慢，他来到这个被遗忘的伤员身边。担架上的他脸色灰白、胡子蓬乱，被子弹打烂的手无知觉似的从担架上垂了下来，他双目紧闭，嘴唇毫无血色。费迪南用颤抖的双手轻轻地抬起滑落的手臂，小心翼翼地把它放到受难者的胸上。这时伤员的眼睛睁开了，他看着他，痛苦的脸上露出一缕感激的微笑，他在向他致意。

他不停地颤抖，一阵寒颤，活像一道闪电涌遍全身。他们竟然要他干这种事情？把人伤害成这样？让他用仇恨

的眼光去注视弟兄们的眼睛？自觉自愿地去参加这惨无人
道的罪行？这时他感觉到真正的真理在他心头强劲有力地
一跃而起，砸烂了他胸中的那台机器，自由从他内心深处
幸福而又强大地升起，把那种无知的屈从撕得粉碎。绝不！
绝不！一种坚强有力、以前从未有过的声音在他心里振臂
高呼，这个强大的声音几乎要把他击倒。他流着眼泪倒在
了担架旁边。

人们向他围了过去，大家以为他突发了癫痫，医生也
赶来了。但这时，他慢慢地站了起来，拒绝了所有人的帮
助，表情平静而欢快，他掏出钱包，取出最后一张钞票，
把它放在伤员的身旁。接着他拿出那张纸，慢悠悠地意识
清醒地再读一遍，然后把它对半撕开，把碎纸片扔在站台
上。人们瞪大眼睛看着他，就像在看一个疯子。不过。他
再也不感到羞耻了。他只感到生命痊愈的欣喜。音乐又响
起来，但他心里涌出的恢宏壮阔的乐声却已压倒了所有的
声音。

夜深了，他回到自己的家里。屋里一片漆黑，房门紧
闭，静得犹如一口棺材。他敲敲门，一阵拖沓无力的脚步
声传来：妻子打开门，一看见他，吃了一惊。他马上温柔
地抱住妻子，扶她进门。他们什么话也没说，幸福让他们
浑身颤抖着。他走进自己的房间：他的画全都放在那里，

是妻子把它们从画室里拿了下来，看到它们就像他还在身边。他从妻子的这一行动中感受到了无尽的爱恋，他于是懂得，他最终还是把握住了生命中最宝贵的东西。他默默地紧握着妻子的手。这时，狗从厨房里跑了出来，猛地跳起来扑到他身上：他们都在等着他归来。他知道，他的心灵从来没有离开过这里，然而他又感到自己是从死亡之谷逃出又重返人间的。

他俩还是没有说话。但妻子轻轻地拉着他，把他领到窗前：窗外是一个永恒的世界，对于因一时晕头转向而创造痛苦的人类，它丝毫不受影响。他感到这个世界为他闪耀光芒，在广袤的夜空中，群星交相辉映。他抬头仰望，心情难以平复。他深切地认识到，对于世上的人来说，除了大自然自身的法则之外，别无其他法则，除了相互依存的关系之外，便再没别的东西能真的把他拴住。妻子的呼吸在他唇边幸福地涌动，在这种心灵相通的快感之中，他们两个的身体紧紧挨在一起。他们沉默不语，他们的心灵自由飞翔，摆脱了虚伪杂乱和人为的法律，飞向万物永恒的自由。

看不见的珍藏

火车驶过德累斯顿，在第二个小站停下，这时一位上了年纪的先生登上我们的车厢。他先是很有礼貌地跟大家打招呼，接着又如一个很相熟的人一样朝我点头致意。在我们目光相对的第一眼，我实在没有想起来他是谁。随后，他笑了笑，紧接着介绍了自己的名字，这一次我便立刻回想起来了：他是柏林最有名望的艺术古董商之一，战前和平时期我还常光顾他那儿看一些旧书和名人手稿。于是，我们闲聊了起来，谈论的也都是一些无关紧要的事情。突然，他用一副很迫切的神态跟我说：

"我想我必须告诉您，登上这列火车之前我去了哪里。因为这个故事是我从事艺术品买卖所经历过的最不寻常的事情，至少在这 37 个年头里是如此。或者您自己也清楚，自从钞票的价值像煤气似地四处流散，转眼便化为乌有，而当下的古玩交易市场又是个怎样的情况：那些新近的暴发户突然对古旧的版画及画像产生了极大的兴趣，尤其是哥特式的圣母像和15世纪的古版书，他们的需求量如此之大，以致让你觉得可怕。你甚至不得不尽力阻止，不然他们一定会把店里的东西一抢而光的。他们甚至会把你袖子上的纽扣和书桌上的台灯视为宝物，非要弄下来买了去不可。

"所以，你得有源源不断的新货供应他们——请您原谅，我竟然把这些让我们素来怀有敬畏之心的艺术品称之为货物，而且，更有甚者，这帮暴发户已经开始影响大众，他们努力让人们习惯于用金钱去定义一部精美绝伦的威尼斯古版书，把古埃齐诺的亲笔画当作区区几百张法郎钞票的化身而已。面对这帮家伙突兀而狂热的抢购欲望以及喋喋不休的纠缠，你所有的对抗都显得无济于事。就这样，一夜之间我几乎被洗劫一空，对此，我感到十分羞愧，甚至想放下百叶窗，就此关门停业。要知道这间老店可是我父亲从我祖父手里接下来的，可如今店里只剩下几件少得可怜的破烂货，如果在以前，这种破烂货就连北方的那些街头小贩都不屑一顾，更别说将它们摆到手推车上去了。

"面临如此困境，我突然想到把我们过去的旧账本拿出来翻一翻，或许能侥幸找到几个昔日的老主顾，这样我也能从他们那儿弄回几个复制品。不过像这样的一本顾客名单通常来讲简直就是个坟场，何况又是在如今这样的年头。话说回来，这些旧账本也告诉不了我什么东西，因为大部分老主顾的珍藏早就在一场又一场的大拍卖中拱手相托了，还有一些主顾则早已去世了，对于仅存的那几个显然也不能寄予过大的希望。然而，就在这时，我突然翻出一大捆信件，这些信件来自一位大概要算是我们最早的老主顾。对于这个老主顾我之所以想不起来，是因为1914年大战爆发以后他就再也没有来订购或询问过什么东西了。但他与我们的那些通信——这么说可没有丝毫的夸张成分——可以追溯到大约六十年前。他很久以前就开始从我父亲和祖父手里买东西了，但在我接手经营这间店铺的三十七年来，对他是否曾踏进过我们的店铺，我确实没有什么印象。所有这一切都表明，他或许是一个十分古怪的、旧式的，而且很滑稽的人物，就像门采尔或斯比茨维克笔下所描述的那种早已下落不明的德国人。他们努力活到我们这个年代，作为十分罕见的怪人，很难得知他们真实的居住之所。不过单从他的信件字迹来看，这种手书称得上是书法珍品，写得非常整洁，在每一笔数目下面用尺子标出红线，而且每次都把数字重复一遍，可见他是多么的细心。此外，他还把别人寄来的信件中没有写过字的空白信纸裁下来，用以写信。

　　"所有这些，无不表明他是一个节约成癖、古怪小气，同时又不可救药的乡巴佬。在这些稀奇古怪的信件上面，除了他的签名，还总是后缀着他全部的头衔：退休林业官员兼经济顾问、退役中尉、一级铁十字勋章获得者。作为一个七十年代的老兵，假若他还活着，也应该是八十好几的人了。但是，这位古怪可笑、节约成癖的老人作为一位古代版画艺术的收藏家，却表现出超乎寻常的聪明才智，此外，他还具有极其丰富的专业知识和高雅的艺术品位。我把他近六十年的订单慢慢地整理出来，甚至第一张订单还是用银币来计价的，这时我才发现，在只花一个塔勒便可买到一大堆最精美的德国木刻的时代里，这个乡巴佬就已经不声不响地收集了一批又一批的铜版画，而这些铜版画和如今那些暴发户手中名气最大的收藏品相比也丝毫不逊色。半个世纪以来，单单他每次用几个马克、几十芬尼从我们这儿买的东西加在一起，在如今也是价值连城了，更别说他还在拍卖行里或从其它商人手中收购过大量物美价廉的便宜货。尽管这捆信件很让我惊喜，但自从1914年以来，他就再也没有寄过订单了。以我对古玩市场情况的熟悉，如果这样一大批的版画被公开拍卖或私下出售，我是不可能不知道的。因此我断定，这个古怪的老人或许还健在，如若不是，那么这批收藏如今也应该掌握在他的继承人手中。

　　"这个意外的发现引起了我的兴趣，于是第二天，也就是昨天晚上，我按照信封上的地址径直乘火车到了萨克逊的这个乡村小镇，这是个寒伧得简直无法想象的乡村小镇，这在萨克逊很常见。走出火车站，当我在这个小镇上最主要的大街上溜达时，我简直无法相信，就在这样一些住着平庸乏味小市民的陈旧破败房子当中，在某一间房子里面，居然会住着一位可能至今还完整地保存着伦勃朗的精美画作，以及丢勒和曼台涅的全套铜版画的人。当然，更令我惊奇的还在后面，当我去邮局打听有没有叫这个名字的林业官员或经济顾问的人在此居住时，那里的人们告诉我，这位老先生竟然还真的健在。于是我趁着午饭的间隙立即动身去拜访他，说实话，我当时的心情真是紧张到极点，我甚至能清晰地感觉得到自己的心跳。

　　"在那种简陋的乡村楼房的三层楼上，我毫不费力地找到了他的住所，这种楼房看上去就像是上个世纪60年代某个蹩脚的土建筑师为了投机取巧而在仓促之间盖起来的。二楼住的是一位老实的裁缝师傅。三楼的左侧有一块刻着邮政局长名字的牌子在闪闪发光，在右侧我总算看到了那个写着林业兼经济顾问官名字的瓷牌。我在门口迟疑地拉了一下门铃，门很快就打开了，一位上了年纪的满头白发的老太太站在门口，她戴了一顶干净的黑色小帽。我把我的名片递给了她，并且恭敬地问她，是否可以拜访林业官先生。她先是十分惊讶且有些怀疑地打量了我一番，接着又看了看我的名片。她的神情告诉我，在这座与世隔绝的小镇上，在这么一间旧式的老房子里，有外地客人来访好像是一件很不寻常的事情。不过，她还是很友好地请我稍候片刻，然后她拿着名片进屋去了。我听到她在里面轻声说话的声音，接着突然一个男人洪亮的声音响起来：'啊……是柏林的 R 先生，从那所大古玩店来的……快请他进来，快请进来……这真是太令人兴奋了！'接着，那个老太太便又踩着细碎的步子走回来请我进入客厅。

"我脱下衣帽，跟着她走了进去。在这间朴素简单的客厅当中，笔挺地站着一位年迈却健壮的老人，他蓄着浓密的胡须，穿着半军装的家常便服，十分友好地向我伸出双手。很显然，这个手势所表现出来的心情是一种非常喜悦的、发自内心的激动，更是对我这个访客的到来的由衷欢迎，但是他就那么僵硬地站在那儿，所流露出的神情与这种欢迎显得有些格格不入。他一动不动地站在那儿，我只好走上前伸手去握他的手——我心里的奇怪和诧异并未退去。当我的手就要触碰到他的双手时，却发觉这两只手仍然平放在那儿，还是一动不动。是的，他不是主动过来和我握手，而是等待着我去握它们。这时我才恍然明白：他是个盲人。

"早在小时候，每每看到盲人，我的心里就会觉得有些不舒服。一想到他也是一个鲜活的人，可他对我的感觉却不能像我对他的感觉一样，心里难免会有些不安和尴尬。一如现在我所面对的，这对微微翘起的浓密白眉毛下的空眼睛，这对看似凝视着前方却只能看到漆黑一片的空眼睛，我的心里不由得有些恐慌。但是这个盲人根本不给我留有太多时间去感受这种恐慌，因为我一接触到他的手，他便马上握起来，十分有力量，与此同时还用一种激动而热情的方式再一次向我大声问好：'真是稀客！'他朝我边笑边说，'这真是个奇迹啊，柏林的大人物居然会光临寒舍……不过，像您这样一位商人一登上火车，我们就得多加小心喽！……在我们家乡有句俗语：吉卜赛人来了，快把房门关好，封好装东西的袋子……是啊，我能够想象得到，您来找我们的原因……在我们可怜的、每况愈下的德国，现在的生意很不好做，您也大概没有什么买主了。所以，大老板们又想起了他们昔日的老主顾，于是来寻找他们的羔羊了……不过在我这儿，恐怕您是交不上什么好运了，我们都是一些退了休的人，每餐饭桌上只要能有块面包，对我们来讲就已经是莫大的欣慰了。再说你们现在的价格又贵得惊人，我们可实在是跟不上时代的步伐了……总之，像我们这号人是早就被时代淘汰了。'

"听他这么一说，我赶紧向他解释，说他误会了我的来

意。我这次来，并不是要向他推销什么东西，只不过是恰
巧路过此地，便趁此机会来拜访他一下，我对他说他是敝
店多年的老主顾，同时又是德国最大的收藏家之一。当我
把'德国最大的收藏家'几个字说出口的时候，这位老人
的脸上发生了奇怪的戏剧般的变化。他依然笔挺地、近乎
僵硬地站在那里，但他的面部表情中所显示的那种最由衷
的得意和自豪，让他的面孔一下子就明亮起来，他把身子
转向他夫人所在的那个方向，仿佛在说：'你听见了吗！'
接着他又转过身来跟我讲话，他的声音马上活跃起来，言
语之中充满了快乐，先前讲话时的那种老军人的粗鲁和生
硬一点儿也没有了，取而代之的是一种温和的语气，他充
满深情地说道：

　　'您能来看我真是感谢了……但是总不能让您这么白跑
一趟。既然来了，就该让您看点东西，不过这可不是一般
的东西，即便是在您那阔绰的柏林城里也不见得随时都能
看到的……我给您看几幅画，就算是维也纳的阿尔柏尔提
那艺术馆和那该死的巴黎也不见得有比它们更为精美的东
西了……是啊，一个人收集了60年，他就会得到各种各样
的东西，只不过这些东西不是平时摆在大街上的。路易丝，
把柜子的钥匙给我。'就在这时，一件意料之外的事情发生
了。原本站在他旁边面带微笑、亲切友好、安安静静地听
我们谈话的老妇人，在听到丈夫唤她之后突然向我求情般

地举起了双手，与此同时她又连连摇着头，做了个显然是
强烈反对的动作。我起初还不明白，她这是什么意思。接
着她朝她丈夫走过去，两只手轻轻放在他的肩膀上，提醒
他道：'可是赫尔瓦特，您还没有问过这位先生，他现在是
不是有时间来欣赏你的这些收藏，而且现在已经是吃午饭
的时间了。医生明确强调过，吃完饭你必须休息一个小时。
不如就等吃完饭再把你的东西拿给这位先生看吧，我们还
可以一起喝杯咖啡，你看这岂不是更好吗？再说了到时安
娜玛丽也正好回来了，她对你的这些收藏可比我了解得多，
这样一来也可以帮帮你啊！'"

"老妇人讲完这番话，便又一次朝我重复她那个强烈反
对的请求手势。这时我才明白她的意思。我明白她的意思，
她是说这个时间看他的藏画不太方便，想要我回绝他，于
是我随即编造了一个借口，说约了他人共进午餐。并强调
能参观他的藏画，这对我来讲既是一种享受又是一种荣幸，
只是要到下午三点以后，那时我会非常乐意前来观赏的。"

"就像是一个孩子被人拿走了最心爱的玩具一样，老人
一边生气一边转过身来，嘴里咕哝着说道：'这当然喽！一
些柏林来的大老板总是忙得抽不出时间来。不过这次您一
定得抽出时间来，因为这可不是三幅五幅的，而是足足 27
本夹子，每一本都是不同大师的作品，而且每一本都夹得

满满的。既然你已经约了他人，那好吧，下午三点你再过来，不过你一定要准时，否则我们很难看完的。'"

"他又一次把手伸向空中，接着说道：'您准备留神专心看吧，您一定会高兴的——当然，也许会恼火。不过您越是恼火，我就越高兴。我们收藏家都是这样的：一切只为我们自己，一点儿也不能留给他人！'说完，他再一次用力地握起我伸向他的手。"

"他的夫人送我走到门口。在刚才那段时间里，我留意到了她的变化，她一直又尴尬又害怕或者说担心着什么。此刻，到了大门口，她这才尽量放低声音结结巴巴地说道：'可以让她……可以让她……我的女儿安娜玛丽在您来我家之前去接您吗？我觉得这样会好一些，因为……因为有诸多原因……对了，您大概是在旅馆里用餐吧？'"

"'是的。您能让您的女儿来接我，我感到非常高兴和荣幸。'我说。"

"一如老妇人所言，一个钟头之后，我刚在集市广场边上那家旅馆的餐厅吃完午饭，一个穿着朴素年纪看上去不太年轻的姑娘走进了餐厅，一看就是在找人的样子。我朝她走过去，作了自我介绍，并告诉她，我已用完餐，可以立即同她一块儿去看那些藏画。可是她一听到我这么说，脸色突然涨得通红，和她母亲惊慌、不安的窘态如出一辙，然后她开口问我能否先跟我讲几句话。我开始意识到，她好像有难言之隐。每当她鼓起勇气要说话的时候，她脸上那片不安的、飘浮不定的红晕便一直升到额角，还有她的手，一直紧张地摆弄着衣服。最后，她终于开始讲话了，断断续续、结结巴巴，一边说着一边又陷入了迷惘和困惑：

"'是我母亲让我来这里找您的……她什么都告诉我了……我们想请求您一件事……我们是想在您见我父亲之前把情况都告诉您……我知道父亲想把他的收藏拿给您看，可是这些藏画……这些画……已经不完整了……缺了好几幅……不，应该说缺了非常多，真是太可惜了……'"

"说到这儿，为了缓解紧张她不得不喘口气，然后她又看向我，急匆匆地继续说了下去：

'我必须坦白地告诉您……对于现在的局势您应该很清楚，相信您是能理解这一切的……我父亲是在大战爆发以后完全失明的。在那之前，他的视力已经非常不好了，大战爆发之后他一激动视力就一下子完全丧失了——他原本还打算去参加与法国的战争的，尽管他已经是 76 岁的高龄，当他得知部队并没有像 1870 年那样胜利前进时，就大为光火，打那时起他的视力就可怕地恶化，且恶化的速度

极快。除了眼睛有点毛病外，他本来身体还算硬朗，不久
前他还能自己去散步，一连好几个小时都没问题，甚至还
能参与他最心爱的狩猎。可如今他根本不可能再去散步了，
他的藏画成了他唯一的乐趣所在，他每天都要看他的藏画
……这就是说，他看那些画夹其实是看不见了，他现在什
么都看不见，但他每天下午还是把所有的画拿出来，他觉
得他至少可以摸一摸，一张一张地，总是按照同样的顺序，
按照他几十年来已背得烂熟的顺序……现在，他对别的任
何东西都不感兴趣，他只关注报上各种拍卖的消息，他让
我们读给他听，他听见价线升得越高就越开心……因为
……说来可怕，父亲对于物价和时势一无所知……他根本
不知道，我们早已倾尽所有，他也不知道，靠他那点儿退
休金，根本不够两天的生活开销……更悲惨的是，我的妹
夫阵亡了，留下我妹妹和四个孩子……可这些物质上的困
难，父亲却一点儿也不知道。开始，我们拼命节省，但这
无济于事，后来我们只好变卖家里的东西——当然，他心
爱的藏画我们没有碰……我们变卖了仅有的首饰，可是，
我的天，这根本值不了几个钱！60年来，父亲把他省出的
每一个芬尼都拿去买画了。有一天，家里实在什么也没有
了……我们实在是没有办法生活下去了……所以这时候
……所以这时候……母亲和我卖掉了一幅画。父亲要是知
道的话，是绝对不允许的。当然，他也不可能知道，从黑
市上弄回一点食物是多么艰难，他也不知道，我们的国家

战败，阿尔萨斯和洛林已割让出去，这些消息，我们从未讲给他听。

"'被我们卖掉的，是一幅非常珍贵的伦勃朗的铜版画。那个商人付给了我们好几千马克，我们指望能维持几年的生计。可是您也知道，货币贬值得太厉害……我们把剩下的钱全部存进了银行，没想到两个月后这笔钱便被贬得一无所剩。如此，我们不得不再卖一张，又卖一张，商人也总是拖很久才付款，等钱寄到时，已经值不了多少了。后来我们决定去拍卖行试试，却屡屡被骗，尽管一开价就是几百万……可是到他手上时，几乎成了一堆废纸。就这样，父亲的收藏中最好的名画，被陆续卖了出去，我们只是想维持最基本最贫困的生活。这一切，父亲毫无所知。所以您今天的突然造访，让母亲吓了一跳，因为只要父亲打开那些画夹，那么，这一切都完了……要知道，这些旧纸板，父亲早已了然于心，所以，我们就把一些复制品和类似的画页塞在里面，填补那些被卖掉的画幅，这样他摸的时候就不会有所察觉。而且只要他摸一摸这些画夹数一数这些画页，他就会很欢乐，一种和他尚未失明时一样的快乐。平时，父亲觉得这个小镇上没有人值得让他来展示这些宝贝……他对这些画如此狂热如此珍视，如果他知道那些画被卖出，那么他一定会难过心碎的。自从德里斯顿铜版画陈列馆的前任馆长去世后，这么多年来，您是第一位他认为值得把那些画夹拿出来看的人。所以我们请求您……'"

"突然，这个中年妇人合并起双手，一双眼睛里满是泪光。"

"'求求您……求您别让他难过……也别让我们难过……求您别把他最后的希望浇灭，请您帮帮我们，让他相信，他要拿给您看的那些画，都还在那儿……要是知道了怎么一回事的话，那他就活不下去了呀。这么做很对不起他，可我们还能有别的办法吗？人总得活下去啊……我妹妹的四个孩子，不比那些印着画的纸更为重要吗？……再说直到今天，我们也没有剥夺他的那种快乐，他依然很幸福，他依然可以在每天下午把他的藏画夹子翻上三个钟头，跟他的那些不会说话的宝贝念叨一番，而今天……有可能是他最幸福的日子，许多年，他都期待着能有一位懂画的人来看看他的至宝；现在，他总算等到了！所以，请您一定要帮我们。'"

"她的话令我非常感动，我现在说的远不及她当时的一二。上帝啊，作为一个商人我曾经看见过各种生活悲惨的人，他们有的被卑鄙无耻地洗劫一空；有的被通货膨胀弄得倾家荡产，几百年祖传的家产可以让人随随便便用一个黄油面包的价钱给掠夺走——但是，今天，我在这个小镇上看到了让人振奋的一幕，这让我激动不已。最后，我答应为她保守秘密，并且尽力提供帮助。"

"于是，我们一道往她家走——在路上我才得知，那些商人们用少得可怜的钱欺骗了这个可怜的妇人，但也正是这个原因，更坚定了我的决心，是的，要尽我的努力去帮助她们。我们登上楼梯，还不等推开门，就听到老人那洪亮的声音从客厅里传来：'进来吧！进来！'他以盲人敏锐的听觉，断定上楼的脚步声就是我们。"

"'赫尔瓦特中午根本就睡不着，他这是着急给您看他的宝贝啊！'老妇人微笑着对我说。而她女儿的一个眼色便已让她明白事情都已妥当，并示意她放下心来了。桌上一大堆画夹已经摊开，正等着人看。盲人刚接触到我的手，连个招呼也不打，就马上抓住我的手臂，把我拉到座位上。"

"'现在，让我们马上开始吧！——要看的东西真是太多了，你们这些柏林来的先生又总是没有时间。看吧，这第一个夹子里面全是大师丢勒的作品，收集得相当齐全，想必您也应该看得出来，这些珍品一幅赛过一幅。来，您自己可以评论，您看吧！'——他打开画夹的第一幅，说：

'这是《大马图》。'"

"就像我们拿一种易碎品似的，他十分小心地用手指尖从画夹子中取出一个纸框，里面嵌着一张已经泛黄的白纸。他用一种尤为庄重的姿态将这张一文不值的废纸举到面前，仔细端详了好一会儿，当然，事实上他什么也看不见。但是，他端详时那种心醉神迷的投入，以及他所表现的出那种认真欣赏的迷人表情，让人觉得他和双目正常的人并无区别。他那本来如死水一般的瞳孔和目光僵直的眼睛，不知是因为纸反射的光线还是发自内心的喜悦——竟然在这一刻变得明亮起来，那是一种令人神往的、智慧的光芒。"

"'怎么样，'他格外自豪地说，'您还见过比这更精美的版画吗？您看，它的每一个细节都是那么的清晰，那么的分明——我曾把这幅与德累斯顿版的比较过，相比之下，那个德累斯顿版就相形见绌了，那个既平淡又死板。我们再来看看它的来历。您瞧这儿——'他说着把画翻过来，用指甲熟悉地指着这张白纸上的某些地方，如果那幅真正的画还在，我相信他指的那个位置一定是精确的。'您看这儿，这里是那格勒的藏图章，还有那边，是收藏家雷米和厄斯代勒的图章。这些都是先前拥有此画的大收藏家，他们无论如何也想不到，这样名贵的画居然会跑到我的这间陋室里来吧。'"

　　"看着这个对事实还一无所知的老人，用那样激动的情绪去赞赏和夸耀着那一张白纸，我的后背倏地掠过一丝凉意。他用指甲所指的位置毫厘不差，那些实际上早已荡然无存的收藏家的图章，这一切，都让我产生了一种不寒而栗的感觉。正是由于这份恐慌，让我无法启齿，我该如何答他的话才是妥当的呢？在一种慌乱而不确定中，我抬起了眼睛，就是在这时，我瞥见了那两个妇人，老太太举起因激动而颤抖的双手满怀祈求地望着我。于是，我安抚了一下自己的情绪，正式扮演自己的角色。"

　　"'真是很难得见啊！'我终于艰难地说出我的第一句台词，'这幅画真是印得精美绝伦啊！'马上，老人自豪的脸上容光焕发。'这还根本算不上什么，'他很是得意地说道，'您还得看看《忧愁》（是丢勒的名画，画面是一位天使托腮沉思）或者《受难》（是丢勒以基督受难的故事为题材的绘画作品），这可是印得精美无比的版画，这样质量的版画可以说是绝无仅有的，您请看吧。'说着，他的手指又轻轻地抚摸起了那幅只存在于他幻想中的画，'如此新鲜明丽的色彩，如此细致入微的笔法，还有这柔和优雅的色调，就算柏林的大老板们和那些博物馆的专家们见了，也会目瞪口呆的。'"

　　"他就这样一边看一边讲述下去，用他那自豪欣喜的神情和语调。我简直无法形容，对我来说简直是惊惧：我们一起看了一百或三百张空白的废纸夹杂着一些糟糕的复制品，而这些东西如今在这位可悲的盲人的记忆中，却是那些真实存在的珍藏，所以至今他还能按照准确无误、分毫不差的顺序，细致入微地夸奖和描述每一幅画。当然，这些看不见的珍藏，想必如今早已随风散落，不知去向了，但它们对于这个毫不知情的盲人来讲，却是从未离开过。他对幻想中那些宝贝的爱是如此强烈，使我也不禁相信了那些珍藏依然被他完好保存着。只有一次，他的沉着自信和热烈的情绪突然中断了一下，甚至有一点梦游者要觉醒过来的意味：他拿着一幅伦勃朗的《安提莪普（希腊神话中英勇善战的阿马宗人的女王，为忒修斯之妻）》（这是一幅试印的复制品，原来确实价值连城），又夸起了印刷的细腻，他用他敏感的几乎带有神经质的手指沿着印刷的线路重描这幅名画，但是，他敏感的触觉神经没有摸到那些凹陷的纹路，突然之间，他眉头紧锁，脸色突变，声音中有着紧绷的慌张。'这是……这是《安提莪普》吗？'他低喃道。我当时想都没想便赶紧从他手里把这幅嵌在纸板里的画取出来，用我对这幅画的全部了解，满怀激情地向他描绘我所知道的细节。他终于放松了下来，那张本来很难堪的脸也渐渐展露出笑颜。我越是大加赞赏，这个风烛残年的老人就越开心，那种由衷的快乐从他内心慢慢溢出来。'总算来了一个懂画的行家，'他手舞足蹈地朝他的妻子女儿欢呼起来，'可算，可算出现了一位行家，让你们也知道，我的这些画有多么值钱。从前，你们总是忧心地责怪我把所有的钱都花在了我的收藏上。当然，这也是事实，近六十年，我不喝酒、不旅游、不看戏，也不买书，总是省了又省，把所有的钱省下来买画。不过等有一天我不在人世了，你们就会发现，你们将非常富有，成为我们镇上最有钱的人，就跟德累斯顿的巨富们一样。到那时候，你们就会理解我了。但是，只要我还在一天，我就绝不允许这些画离开我的房子……你们先得把我安葬了，然后才可以动我的那些收藏。'"

"他说着，手指又习惯性地抚摸向那些早已空空荡荡的画夹，动作温柔，一如抚摸一些有生命的东西一样——这一幕令我十分震撼和动容。要知道，大战以来的这些年里，我还从来没有在哪一个德国人的脸上看到过这样幸福和快乐的表情，它如此纯净。站在他身边的妻子和女儿，像极了丢勒的《受难》版画上的妇女。画上的这些妇女前来参拜她们的救世主耶稣的坟墓，打开了的空空的墓穴让她们既恐怖害怕，同时又有一种虔诚的、得见奇迹的极度兴奋溢满她们的双眼。一如那些女门徒的脸上被救世主的神力感染得光芒四射一样，眼前的这两个被悲惨生活所逼日渐衰老的妇女脸上，也洋溢着老人的那种纯净、幸福和快乐的神情。她们时而流泪、时而微笑，这种情形，是我从未

经历过的。显然，我的夸赞之词很得老人的心意，仿佛怎
么也听不够，于是他不停地翻着画页，渴望我能够再多说
些。终于，当那些骗人的画夹被推向了一边，老人极不情
愿地腾出地方放咖啡的时候，我才得以放松一下紧绷的神
经。当然，我也知道，和这位老人激动、高昂的欢欣之情
比起来，和他那几乎在一霎之间年轻了三十岁的忘我的劲
头比起来，我的那种带有内疚的轻松实在算不得什么！他
意犹未尽地给我们讲了成千上百个买画觅宝的小故事，一
再站起身来，拒绝别人的任何帮助，执拗地去抽出一幅又
一幅画来：他像一个醉酒的人，情绪高昂。末了，当我说
出告辞的话时，他简直吓了一大跳，继而像个任性的孩子
似的显出一脸不高兴的神情，赌气地跺着脚说：‘这怎么
行。您连一半还没有看完呢。’两个女人想尽一切办法来说
服，才让这个倔强的闹着情绪的老人明白，他不能多耽搁
我，要不然我便赶不上火车了。”

“最后，他顺从了。当我说再见的时候，他的声音变得
非常温柔。他握住我的手，以一个盲人的所能表达出的所
有爱抚来抚摸我的手，一直摸到我的手腕，我知道，他是
想更多地了解我，并企图向我传达一种言辞所不能表达的
爱意。‘您的光临，给我带来了前所未有的快乐，’他说道，
言语里满溢着最真诚的的感激，这让我永生难忘，‘终于，
终于，终于我又可以和一个珍惜并懂得我心爱藏画的人一

起欣赏它们了，这对我真是一种幸福。不过你马上就会知道，您不是白白地到我这个瞎老头这儿跑一趟的。在这里，让我的夫人来证明，我承诺，在我的遗嘱里加上一句，委托您那间享誉收藏界的古玩店来拍卖我的藏画。这批鲜为人知的宝藏就拜托您来管理了。'他说着，再一次满怀热爱地把手放在那些早已空空如也的画夹上，'一直到它们散落到世界各地为止。请您答应我，帮我拟定一个精美的藏画目录——以后它会成为我的墓碑，我不需要更好的墓碑了。'"

"我看向他的妻子和女儿，她们两个紧紧挨在一起，颤抖从一个人身上传到另一个人身上。这一刻，我的心情非常庄严和肃穆，因为这个生动的失明老人把他那看不见的一生的收藏，竟委托给我这个陌生人保管。被深深感动的我，许诺他一定会办好这件事情，而实际上这永远都无法完成。这时他那黯淡的瞳孔又一次明亮起来，我能感觉到，他从心里渴望能真实地、具体地看到我的存在。他的手使劲地握着我的手时，那种饱含着感激和心愿达成的热切心情，这一切，都让我体会到了他的这种渴望。"

"两个女人把我送到门口，她们不敢出声，生怕听力极好的老人会听到每一句话，但是她们含着热泪，满怀感激地注视着我！深受感动的我几乎是摸索着走下楼梯的，而心里则十分惭愧：如同童话中的天使一样，我降临到这个穷苦的人家里，用善意的谎言使一个盲人在一个小时的时间里重见光明，而实际上呢，我是另有所图的，想着如何从这里骗走几件珍贵的家藏。不过，我现在得到的，却是比这些珍藏更珍贵的东西：在这阴暗凝重、没有欢乐的时代，我收获了一种纯粹的，一种纯粹只为艺术而产生的精神上的极度快感。而这种感情，似乎已被这个时代的我们遗忘了。我的内心充盈着一种敬畏之情，虽然与此同时还有一种羞愧之情掺杂其间。"

"当我刚走在大街上，只听得哐啷一声，一扇窗户打开了，有人在叫我的名字：是真的，是那位老人不听劝阻，一定要用他那什么都看不见的双眼目送着我，朝他以为的方向。他把身子探出窗外，两个无从阻止的妇人只好小心地扶住他。他挥动着手绢对我说：'祝您一路平安！'他的声音晴朗明亮，一如一个开心的青春少年。这个情景我想我此生都不能忘怀：一张白发老人欢快的笑脸从楼上的窗户里探出来，俯瞰着大街上整日闷闷不乐、疲于奔命的芸芸众生，一朵用善良的幻觉编制而成的白云将他托住，让他得以远离我们这个令人作呕的现实世界。我不禁想起那句被印证了千万次的话——噢！我想起了，那是歌德说的——'收藏家是幸福的人！'"